清水晴木

Haruki Shimizu

さよならの向う側 ’90s

The times and music with you

MICRO MAGAZINE

さよならの向う側'90s

The times and music with you

Haruki Shimizu
清水晴木

装画…………カシワイ

装丁………大岡喜直（next door design）

目次

Contents

第一話

君がいるだけで

「あなたが、最後に会いたい人は誰ですか？」

戸田一《とだはじめ》が目を覚ましたのは、今までに訪れたことのない見知らぬ場所だった。あたりには何もない乳白色の空間が広がっている。そして目の前に立っていたのは、スーツを着た細身のこれまた見知らぬ男だった。

「私が、最後に会いたい人……？」

戸田は、突然された質問を理解しようとする。しかし、そもそもこの状況をよくわかっていない。一体今何が起こっているのか。この場所は何なのか、そして目の前の男は誰なのか……。

戸田の困惑の色を悟ったのか、スーツを着た男は小さく頷《うなず》いてから説明するような口調で言った。

「ここは、さよならの向う側です。そして私はここの案内人を務めています。戸田さんは亡くなって、この場所を訪れることになりました」

「ここはさよならの向う側……？　案内人……？」

少し前にヒットした曲のタイトルと、聞き慣れない言葉の組み合わせを突然ぶつけられたこともあって、戸田は最後の重大な発言に気づくのに遅れてしまった。

「……ちょ、ちょっと待ってください。わ、私が亡くなった？　死んだということですか？」

「ええ、そうです。そもそもここが現実にあるような空間に思えますか？」

戸田はあたりを見回す。その言葉に頷くことなんてできなかった。初めて訪れた場所だけれど、ここが現実とはかけ離れた世界ということは、肌でひしひしと感じていた。

「私は死んだ……」

言葉にして、今度は自分の死を実感する。

その後に、ふと思い出したことがあった。最後の記憶は胸に覚えた強い痛みだ。

「あれが最期か……」

戸田は、自分の胸をいたわるように手を当てる。

「……ええ、死因は心筋梗塞のようです」

ポツリとつぶやいた戸田の言葉に、案内人は答える。

「なんでこんなタイミングで……」

戸田はもう一度つぶやく。

「せめてもう三ヶ月あとなら、思い残すことはなかったかもしれないのに……」

その言葉には、案内人も何も答えられなかった。

◆

享年四十八。何気ない日常を送っていた中での突然の悲劇だった。戸田は二年前から一人暮らし。それまでは一人娘の恵理《えり》と一緒に暮らしていた。妻はまだ恵理が幼い頃に病で亡くなっている。シングルファーザーとして、仕事と家事を両立させながら、一人娘を育てあげた。

まだ恵理が幼い頃は、家庭にもちゃんと時間を充てられるような融通の利く職場で働くために、転職を何度か重ねた。キャリアを棒に振ったこともある。ただ戸田の中で優先順位の一番は間違いなく娘の恵理だったから、そんなことは関係なかった。

普段の生活も、ひとり親だからといって寂しい気持ちにはさせたくないと、休みの日には遠出をしたり、学校行事にも進んで参加した。高校からは弁当も毎朝作った。辛《つら》いことはなかったし、無理しているつもりもなかった。自らそうしたいと思っていたことだったからだ。

そして恵理は純粋な優しい子に育った。親という贔屓目《ひいきめ》を抜きにしても、自慢の娘だと思う。そんな大切な一人娘も、東京《とうきょう》の大学を卒業して、社会人となる時に実家を離れることになった。

戸田にとっては、独身の時以来の一人暮らしになった。寂しい気持ちはもちろんあった。だけど、それ以上に嬉しかった。娘の自立を誇らしく思ったし、その二年後に、結婚相手となる婚約者を連れてきた時は、より一層感慨深い気持ちが湧いた。

これで娘はもう、本当に自分のもとから巣立つことになる。そう思うと、様々な感情が渦巻く中で最後には、立派にやり遂げた、という思いがこみ上げてきた。これで、亡くなった妻もほっと一息ついて安心してくれるだろう、と心の底から思えた。もちろん大変な時はあった。娘には決して見せないように、一人泣いた夜もあった。喧嘩《けんか》をした日もあった。仲直りをした日もあった。第一志望の大学に落ちた時は、一緒になって泣いてしまった。でも、第一志望の会社から内定をもらった時は、手を取り合って喜んだ。二人で一つの人生を歩んでいたかのような、これまでの道のりだった。

それも今は全て、素敵な思い出の一つ一つのように感じられていた。しかし、そんな時に、突然の病が戸田を襲った。

恵理の結婚式を三ヶ月後に控えたある日のことだった。突然の胸の痛み。心筋梗塞だったようだ。まだ年齢としては充分若かっただろう。それでも戸田の人生は、四十八年をもって、突然終わりを迎えることになってしまった――。

「――もう役割は終わったと勘違いしてしまったのかな」

再び戸田が、乳白色の空間を眺めながらポツリとつぶやく。

「役割ですか」

「ええ。娘の恵理が自立をして、それから生涯を共にする相手を見つけることができた。その姿を見届けることができて私は心の底から安心してしまったんです。だからもうこの心臓も、お疲れ様って気分になってしまったのかなと。今まではがむしゃらに働いて、ほっと一息つくような瞬間なんて、ほとんどありませんでしたから」

「ですが、もう三ヶ月あとなら思い残すことはなかったというのは、娘さんの結婚式のことですよね」

「はい、それは間違いありません。あと三ヶ月持ってくれれば娘の花嫁姿をこの瞳に収めることができたのに……。全くもって早とちりな心臓ですよ」

そこで戸田は、最初にこの場所に来た時にされた話を思い出した。わざわざ思い残しのことを聞いてきたのにも、理由があると思ったのだ。

「……さっきあなたは、『あなたが、最後に会いたい人は誰ですか？』と言いましたね？あれは一体どういうことなんですか？」

戸田の頭には、そのことだけではなく、多くの疑問が湧き上がっていた。

「そもそもこのさよならの向う側という場所は一体何なんですか？　こうして話している今も、この状況が夢か現実なのか私にはよくわからなくて……。自分が死んだということも、今さっき知らされたばかりですし……」

戸田は迷っている様子を露《あら》わにして案内人に向かって尋ねる。案内人は表情を崩さずに、その言葉に答えた。

「ご自身が亡くなってしまったことについては、まだすぐに受け止めることができなくても無理はありません。ある意味この場所はそういう気持ちの面も含めて、自分の心に折り合いをつける場所だとも思っていますから」

「折り合いをつける場所……」

「ええ。このさよならの向う側は、亡くなった方だけが訪れる場所です。ですから本当に最後の休憩地点のようなところだと思ってもらってかまいません。……ですが、全員が全員ここを訪れるわけではありませんよ。死後の世界も広いものですから。それに一日の間でも何人もの人が亡くなっているわけですし」

案内人は、言葉を続ける。

「しかし、その中でもこのさよならの向う側を訪れた人たちに最後の案内をするのが、私たち案内人です。最後の案内とはつまり、あなたの最後の再会に関することです」

「最後の再会……」

「ええ、文字通り最後に、もう一度会いたい人に会いに行くことができます。だからこそ、『あなたが、最後に会いたい人は誰ですか？』と最初に質問をさせてもらいました。現世に戻って最後の再会ができるのは二十四時間、猶予はたっぷりとあります。しかし最後の再会には、大きな枷《かせ》ともいえるルールがあるんです。それを話しておかなければいけません」

「大きな枷……」

そこで案内人は、一つ間《ま》を置いてから言った。

「あなたが会いに行けるのは、あなたが死んだことを知らない人だけなんです」

「私が死んだことを知らない人だけ……？」

急にそう言われて、戸田の頭の中には様々な考えが駆け巡った。そして、そのルールの残酷さが、すぐにわかってしまった。

「……それでは、私が娘の恵理に会うのはどうやっても不可能じゃないですか」

声を振り絞った後に、戸田はたまらず言葉を続ける。

「そもそもそのルールでは、例えば家族や恋人や友人とか、自分にとっての大切な人にはほとんど会えないことになりませんか？　だって死んだらお葬式だってすぐに行われるし、近しい人には亡くなったという知らせがすぐに入るだろうし……」

「……ええ、その通りです。戸田さんの死からも二週間が経っているため、かなり状況は厳しいです。私も時折このルールの存在を歯痒《はがゆ》く思う時があります。……ですがこのルールは、ただの意地悪ではなく、いわばこの世の理《ことわり》を表しているだけなんです」

「この世の理？」

案内人が人差し指を立てて、言葉を続ける。

「例えば、亡くなった人が普通に現世に姿を現した場合、大きなパニックが起きると思いませんか？　実際に戸田さんは今まで亡くなった人と会ったことはありますか？」

「そんなことあるわけがないですけど……」

「ですよね。そんなことがこの世にあってはならないんです。だからこそ会えるのは、あなたが死んでいることを知らない人だけなんです」

「じゃあもしも、私が死んでいることを知っている人に会ってしまったらどうなるんですか？」

その言葉に案内人は、まるで舞台の上で演じる役者のように、掌《てのひら》をぎゅっと握ってからパッと開いて答えた。

「たちまち現世から消えてなくなって、このさよならの向う側に戻ってくることになります」

「き、消えてなくなって戻ってくる？」

「ええ。既に戸田さんの体は現世では消滅しています。それでもその体を保っていられるのは、他者からの記憶や認識が残っているからです。今までに聞いたことはありませんか。人は二度死ぬ。実際に命を落とした時、そして誰かに忘れられた時……、と。そんな風に人という存在は、他者からの認識によって成り立っているところもあるんですよ。ですからその状態の戸田さんが、自分の死を知っている相手と会ってしまった場合、強い認識のズレが生じます。なぜなら相手は、戸田さんがこの世界に存在するはずがない、と思っているわけですからね。そういった記憶や認識の矛盾によって、亡くなった人たちは自分の死を知っている人に会うと、現世ではその姿を保つことができなくなってしまうんです」

「そんなことが……」

驚きつつも、納得はしていた。というのも、案内人の説明が、とても理路整然としたものだったからだ。今までパニックが起こっていなかったのも、確かにそれで説明が付けられてしまう。それに、巷《ちまた》の心霊現象にも結びつけることができる。亡くなった近しい人を一瞬見かけた気がした、とかそういうことは、このルールが関係していたのではないだろうか。理屈がしっかりしていたからこそ、そのルールがちゃんとしたものだと信じられる気がした。

「……明快な説明ですね。ずいぶん色んなことを納得させられてしまいました」

「いえ、まあ今のは他の人からの受け売りですからね。人が自信を持って話せるのは、たいてい人から聞いたことだったりするんですよ。自分に責任がありませんからね。与えられたセリフのようなものです」

軽やかにそう言った案内人の言葉に、思わず戸田も笑いそうになりながらも感心した。そして、今になって、ようやく相手を観察する余裕も出てくる。目の前に立っている案内人は、舞台の上でも映えそうなハンサムな男だった。年齢は二十代中盤か後半といったところだろうか。流暢《りゅうちょう》な話しぶりは、立ち居振る舞いも含めて、まるでどこぞの舞台役者のようにも感じられる。それでも嫌みのようなものは全く感じない。むしろ戸田からすると、話をしていて気持ちよさを感じるような相手だった。

「でも、だとしたら私は誰に会いに行けば……」

気を落ち着ける時間ができて、先のことを考える余裕もできた。しかし、答えまで出たわけではなかった。

戸田が会いに行きたいのは紛れもなく、最愛の娘の恵理だ。

そもそも恵理以外に会いたい人が思い浮かぶはずなんてない。だけど、それは先ほどのルールに明らかに違反することになる。どうやっても、目の前に姿を現すことはできない。

一体どうすれば良いのかわからなかった。恵理に認知されないように、陰から姿を見守ろうか。元気にしている姿を見られるだけでも充分かもしれない。だけど、本当のことを言うと、やっぱり三ヶ月待ってでも結婚式に出たかった。娘の晴れ姿を見たかった……。せめてその瞬間だけでも……。

「あっ……」

その時、戸田はあることを思い出した。もちろん、娘の恵理に関することだった。

「どうしましたか、戸田さん？」

「そういえば、恵理の結婚式で流す音楽をリストアップするのを頼まれていたんです。娘のたっての希望で……」

「それはまたなんとも珍しいですね。音楽のことを戸田さんに任せたのには何か理由があるんですか？」

「小さい頃から一緒に音楽を聴いていたからだと思います。家の中でも車の中でも色んな曲をかけていて、私の好きな曲を恵理が気に入ってくれることも多くありました。家でテレビを観《み》る時も、一緒に音楽番組を観ることが多かったですね」

「何気ない日常の中の素敵な思い出ですね。お茶の間を繋いでくれるテレビにも感謝したいくらいです」

「ええ、その通りです。喧嘩をしても、居間にテレビを観に戻ってきて仲直りするなんてこともありましたね。そういう思い出の曲も含めたリストを、結婚式まで三ヶ月ということもあり準備していたんですが……」

　戸田の言葉がうまく続かなくなったところで、助け船を出すように案内人がある提案をした。

「例えばですが、現世に戻ってリストを完成させた後に、それを娘さんに渡してみるというのはいかがでしょうか？」

「えっ」

「生前に完成させて送ろうとしていたものということにしても辻褄《つじつま》は合うでしょう。リストを家のポストに入れたり、人づてに渡したり、選択肢はいくつかあると思います。いかがでしょうか？」

戸田は案内人の話を聞いた後に、ゆっくりと深く頷いて言った。

「……それは、願ってもない提案です。さすが案内人さんですね」

「いえ、案内人によって、様々なやり方があるんですよ。ここを訪れた人自身が答えを出すのをただただ気長に待つ案内人の方もいますからね。人それぞれなんです。そして私もあくまで一つの提案をさせてもらっただけですので、最後に選択するのは戸田さん自身です。趣を変えて初恋の人に会いに行くのも自由です。他にもやり残していることはあるかもしれませんから」

「今更そんな初恋の人に会いに行く気持ちなんて微塵《みじん》もありませんよ。私に残された最後の時間は娘のために使いたいです」

「まだお会いしたばかりですが、戸田さんならそう言うと思っていました」

そこで、ふっと笑ってから案内人が指をパチンッと鳴らす。そのセリフから所作に至るまでも、やはり役者のように思えた。

そして次の瞬間、木製の扉が目の前に浮かび上がった。どこか懐かしさを感じる扉だ。おとぎ話の中に出てくるような、そんな物語の始まりを知らせる扉――。

それから案内人が、また流暢に説明を始める。

「それでは戸田さんには、こちらの扉をくぐって、今一度現世へと戻っていただきます。改めて、細かい条件について説明をさせてもらいます。最後の再会に残された時間は一日、二十四時間です。会えるのは今までに自分の死を知らない人だけ。何人に会ってもかまいませんが、亡くなったことを知っている人に会ってしまえば、その時点で強制的に現世からは姿が消えてなくなり、このさよならの向う側に戻って来ることになります。後はご自身のタイミングで目の前の扉を開けてください。その先が現世へと繋がっています。他になにかご質問はありませんか？」

「大丈夫です」

戸田は小さく頷いたが、そこで案内人が人差し指を一本立てて言った。

「そうですか。では逆に私の方から質問をしてもいいですか？」

「案内人さんから質問？　なんでしょうか……」

「いえ、個人的に気になっただけなんですが、今リストに入れると決めてる曲はどんなものがあるのかなあ、と。あまりここで最近の音楽の話をしたこともないので、気になってしまいました」

「なるほど、そうでしたか。まずはお祝い事なので、今流行の米米《こめこめ》ＣＬＵＢの『君がいるだけで』は入れようと思っています。ウェディングソングとしてもぴったりですし。後はサザンオールスターズとかドリカムも入れたいな、と」

「今時のヒット曲が並びそうですね、結婚式も盛り上がりそうです。完成を楽しみにしていますね、そして娘さんが喜んでくれることも」

「ええ、全ては恵理が喜んでくれなければ意味はありませんからね」

戸田の想いは、その言葉に集約されていた。

自分が死んでしまっても、今この瞬間だって、娘のことだけを考えている。

紛れもなく、自分よりも大切なものだった。

だからこそ、自分の最後の時間を、娘のためだけに使いたいと思ったのだ。

たとえもう一度、目の前に姿を現すことすらかなわなくても——。

「行ってきます、案内人さん。快い案内をありがとうございました」

「ええ、戸田さんも快い最後の旅を」

その言葉を受けてから、戸田が目の前の扉を開ける。すると、全身が真っ白な光に包まれた——。

○

「ここは……」

目を開けるとそこには、見慣れた光景が広がっていた。津田沼《つだぬま》駅前広場のベンチに座っていた。さっきまでの、さよならの向う側と呼ばれていた空間とは似ているところなんて一つもない。言葉を選ばなければ、雑然とした感じがする。人と物で溢《あふ》れている気がした。実際に夕方ということもあってか、学生やサラリーマン、多くの人があたりを行き交っている。

「……」

こぶしを何度か握りしめてから立ち上がり、自分の体の状況を確かめる。明らかに感じたのは、体の軽さだった。まるで借り物の体のようだった。

これだけでも、さっきまでのあの空間での出来事が、夢や何かではないことがはっきりとわかった。

私は既に死んでいる。

そして今一度、現世に戻ってきたみたいだ。

「……ふぅ」

一度息を大きく吐いて気を落ち着かせる。そして今度は一歩を踏み出す。逸《はや》るような気持ちがあって歩幅は大きくなった。二十四時間あるというよりも、たった一日しかないという感覚だ。

津田沼駅北口から徒歩数分で着くイトーヨーカドーの方へ向かう途中、大和《だいわ》ビルの中で足が止まった。そこにはテレビの画面が三つ映し出されている。他にも足を止めている人が何人かいたのは、オリンピックのニュースを流していたからだった。

「七月二十五日に開幕しました、一九九二年バルセロナオリンピック。まず開会式では、坂《さか》本龍一《もとりゅういち》氏の音楽と指揮が見事でしたね。作曲も坂本龍一氏が担当し……」

私が亡くなる前に既に最終日のマラソンを終えるところだったはずだが、まだその熱はさめやらないようだった。

確かに競泳の岩崎恭子《いわさききょうこ》の金メダルはすごかった。平成《へいせい》の三四郎《さんしろう》と言われた、柔道の古賀《こが》の痛みをこらえながらの金メダルも感動を与えてくれた。同じく柔道の吉田《よしだ》の金メダルも素晴らしかった。

バブルが弾けた後の不安定な社会の中で、列島が再び元気を取り戻すようなニュースだったはずだ。といっても、私も含めて周りの人たちは、そこまで深刻さを覚えているわけではなかったと思う。またあのバブルの頃のように、すぐに景気はもとに戻る気はするし、マルイから繋がる通路を歩いて、ごった返すイトーヨーカドー内の人波を見ると、尚更そう思わされてしまった。

それにしても、こうやってたくさんの人の中にいると、まるで私も周りの人たちと同じように生きているようだった。だけど本当は私だけは違う。私は二十四時間後この場所を歩くことはできない。そんなことに周りの人は誰も気づかないだろうけれど。

「……」

どこからか音楽が聞こえる。お店の中から漏れているものだろうか。大事《だいじ》MANブラザーズの『それが大事』だった。この曲もリストの中に入れようか迷った曲だ。そして私はそのリストを完成させるために、この場所へ戻ってきたのだった。

他にはどんな曲を候補にしようか。流行の曲だけではなくて、昔好んで聴いた曲も入れたいと思う。並べる曲さえ決まればそんなに時間はかからないはずだ。一本のカセットテープに自分好みのベストアルバムを作るのは、若い頃からもう何度もやってきた。

高校の頃、好きだった女の子に、有名なラブソングをまとめて作ったカセットテープをあげたこともある。今となっては恥ずかしくなるけれど、あの時に入れた曲の数々を聴くと、すぐに当時のことを思い出すから不思議なものだった。

音楽にはそういう作用があるのだろう。だとしたら、私も恵理に最後のカセットテープを特別なプレゼント代わりに渡したい。そのカセットテープを聴くたびに、私のことを思い出してくれるような一本になればと思う。

そう願いながら恵理との記憶を思い出しつつ歩く家路は、一人きりでも悪くないものだった。

しかし、家に戻ってきてからの作業は難航していた。というのも、そんな大それたプレゼントだと思うと、曲を一つ一つ入れるのにもだいぶ悩んでしまったのだ。

――深夜になって、何とか完成することになった。ここ最近の'80sと'90sの曲だけではなく、懐かしの'70sもいくつか入れた。これで結婚式場を訪れる様々な年齢層の人たちも喜んでくれることだろう。それでも一番気に入ってくれるのは、この曲たちと共に思い出が眠っている恵理に違いないが。

「ふぅ……」

アイワのダブルラジカセのダビング機能を一旦そこで止める。それから今度はアンテナを伸ばしてラジオをつけ、ＢＡＹＦＭを聴くことにした。一息つくつもりだったのだ。

「いやーほんとにまいっちゃうよね、こんなこと言われると……」

すぐにラジカセのスピーカーから、ラジオパーソナリティの声が流れてくる。こうやって深夜に一人ラジオをつけると、昔のことを思い出した。まだ幼い恵理を寝かしつけた後に、一人でラジオを聴くのが好きだったのだ。深夜はなぜかテレビよりもラジオをつけたくなる。ラジオの方が自分に対して話しかけてくれているような、一人だけど一人ではないような、そんな気持ちにさせてくれるからかもしれなかった。

「さて、それでは次のコーナーに参りましょう。『悩んで、Ｎｉｇｈｔ＆Ｄａｙ』本日のお悩み相談は……」

ちょうど始まったのは、人気パーソナリティのリンダさんがリスナーからのお悩み相談に答えるコーナーだった。どんなお悩みにも軽快に、時には大胆に答えてくれるのが、リンダさんの魅力だ。

「ペンネーム非《ひ》即戦力《そくせんりょく》新人《しんじん》さんからのお悩み相談です」

リンダさんがハガキの文面を読み上げる。その声だけが部屋の中に響くのが、どこか心地よく感じられた。

「私は営業職として仕事をすることになった新卒社会人です。営業は体力勝負の時には力業なところもあり、何でも果敢に挑戦していこうと前のめりで業務に取り組んでいたところ、大きな失敗をしてしまいました」

集中しているわけではないのに自然と耳に入ってくる。これがテレビでは味わえない、ラジオの魅力なのだろう。そしてリンダさんは、お便りの続きを読み上げていく。

「自分では到底抱え切れないような案件を向こう見ずに始めてしまい、上司にも迷惑をかけてしまいました。その時に上司から『身の程を知れ』と言われて、その言葉がショックでまだ立ち直れません。私はこれからどうすれば良いのでしょうか？　……というお便りです。あぁ、確かにそれはショックだろうね、今まで頑張って来たからこそショックは何倍にもなるし、まあ上司も思うところはあるんだろうけどさ……」

しかしそこで突然、リンダさんの声色が明るいものに変わった。

「……でもね、大丈夫。全然悩まないでいいよ。俺から非即戦力新人さんにありがたいメッセージを送るわ。よく聞いてくれよな。君は『身の程を知れ』なんて言われても全然気にしなくていい、なぜならー……」

そこで溜めを作ってからリンダさんは言った。

『身の程を知れ』って、なんか『ドレミファソラシド』みたいに聞こえない？　だからいざとなったらドレミファソラシドパンチを相手に喰らわそう～！」

声にエコーがかかって拍手のような音も入る。

そしてリンダさんは言葉を続けた。

「まだあなたはド新人なんでいいんですよ、失敗が財産です。徐々に階段を上るみたいにこれから、レ平社員、ミ係長、ファ課長、ソ部長とステップアップしていけばいいのさ。何も気にしなくてよし、いざとなりゃパンチでオッケー。さあ次のお便り参りましょう……」

リンダさんがそう言って、次のリスナーの話へと進んでいく。

「ふふっ」

一人なのに思わず笑いがこみ上げる。リンダ節全開といった感じだ。ドレミファソラシドパンチがどんなものなのかわからないけれど、身の程を知れといつか私も言われた時はそうしようかなと思った。

やはりリンダさんの話しぶりは聴いていて楽しいし、スカッとするところがある。ただ少し心配なのは、リンダさんは話し振り通り短気でスタッフと揉《も》めがちなところもあるので、シンプルなパンチをお見舞いするような状況が今後あるのではないか、という点だった。そんなことで番組降板なんてことにならないでほしいけれど……。

「はぁ……」

お悩み相談のコーナーが終わってCMに入ると、思わずため息をついてしまった。急に寂しくなったのは、こんな風にラジオを聴くことも、もうできないと気づいてしまったからだ。死んでみてわかることがある。当たり前だけど、特別なことだけじゃなくて、ありふれた日常ももう戻ってこない。

「……」

娘に渡すためのカセットテープを見つめる。後はケースに入っているインデックスに曲名を書くだけだ。プレゼントだから、なるべく字は綺麗に書こう。

「ふぅ……」

でも、なんだかだいぶ疲れてしまった。体力的にというよりは神経を使った感じだ。サビだけを繋いでいくのには少々技術が必要だった。

――そして私はいつの間にか眠ってしまった。ただ、眠る前に小さな決心をした。

このカセットテープを、恵理のもとに届けに行こう――。

目の前で姿を見ることはかなわなくていい。どこか近くに置いていくだけでもいい。そして遠くからでも、その姿を、もう一度目にしたいと思ったのだ。

そんな決心の中で、私は深い眠りについた。

そう悪くない、この世界での最後の眠りだった。

○

翌日、とある喫茶店に来ていた。昔からよく行っていた、サイフォン式のコーヒーを出す店だ。年配の明るい女性店主がいて、一人で店を切り盛りしている昔ながらの喫茶店である。最近はチェーン店のカフェやファミレスができて、こういう場所は少なくなっている。インベーダーゲームの台まであるとなると、相当珍しい部類に入るだろう。幅広い客層に愛されていて私より年上の人たちを何人も見かけたし、どちらかというと私は若い部類に入るくらいだった。

「ブレンドコーヒーを一つ」

いつもと同じ注文をした。せっかくサイフォン式で淹《い》れてくれるのだから、毎回頼まずにはいられなかった。

「かしこまりました、お客様」

女性店主がいつも通り丁寧に応対してくれる。私が既に死んでいるなんて、想像もしていないはずだ。きっとこれも最後のコーヒーになるだろう。ただ最後の一杯としてふさわしいものだと思った。

「……」

ポケットからカセットテープを取り出す。ケースに入っているインデックスには順番通り曲名が書かれている。何か一文字一文字を、手紙をしたためるかのように書いてしまった。それだけ想いを込めたのだ。このカセットテープが、恵理にとっての人生で一番くらい大切な日に流れることになると思うと、どうしても時間がかかってしまったのだ。このプレゼントを喜んでくれるだろうか。私からの最後のプレゼント。娘への最後の贈り物——。

「お待たせいたしました、ブレンドコーヒーです」

女性店主がブレンドコーヒーを運んできた。早速、一口飲む。変わらないいつも通りの旨《うま》さがそこにはあった。なんだかこんなことで、日常を取り戻した気がする。不思議な言い方かもしれないけれど、ほんの束《つか》の間、自分が既に死んでしまっていることを忘れられる気がした。

そして、コーヒーを飲み終わる頃に、今更ながらテレビがついていることに気づいた。こういう喫茶店やラーメン店の中にあるテレビは、なぜか高い位置にある。あまり長居しないように、わざと見にくくしているのかと思うくらいだ。それともどの席からも顔を上げれば見られるように、という配慮なのだろうか。

「……」

恵理はテレビを観るのも好きだった。テレビにリモコンがついた時は、「もうこたつからいちいち出なくていいから便利だね」なんて実用的なことを言い、ビデオデッキも買って録画できるようになった時は、声を上げて喜んでいた。でも、私が恵理の好きな音楽番組

『ザ・ベストテン』の録画に失敗した時はずいぶん怒られた。番組が始まる時間にタイミングよく録画ボタンを押すのを忘れてしまったのだ。だけど、もうそんな瞬間すら訪れることはない。ちゃんと録画できても失敗しても、褒められることも怒られることもない。

「…………」

それは寂しい。とても寂しい。リンダさんのラジオが聴けなくなることよりも、もっともっと寂しい。

何も関係ない番組がついていたテレビを見ただけで、こんなことまで思い出してしまうなんて自分が不思議だった。

いや、でも最初からそうだった。私の頭の中は、どんな時でも娘の恵理のことでいっぱいなのだ。

旨いコーヒーを飲んでも、代わりに満たしてくれることはない。ただ思いだけが募って、やり切れない気分がタバコの煙のようにあたりにモヤをつくっていく。

会計を済ませて店を出ても、頭の中をうまく切り替えることはできなかった。

○

再び街を歩く。昼過ぎの駅前は活況を呈していた。多くの人たちがあたりを歩いている。

何も考えないようにしていたのに、コンビニから音楽が漏れ聞こえて、そっちに意識をとられた。流れてきたのは、サザンオールスターズの『いとしのエリー』だった。すぐにわかったのはこの曲が、リストにも入れた特別な曲だったからだ。

——大学時代、恵理は自動車の運転免許を取った。それから免許取りたてにもかかわらず、私をドライブに連れて行ってくれた。当時の車についていたカーステレオには、カセットテープやCDを入れる設備はなく、ラジオを聴くことしかできなかった。

そこで車の中にラジカセをそのまま持ち込むことにした。ドライブの時はやっぱり好きな音楽を車の中で聴きたいという、娘たっての希望だった。

恵理が運転席に座って、私が助手席に座る。そして後部座席にはラジカセを置いた。プリンセス プリンセスにドリカムにＬＩＮＤＢＥＲＧと、女性の歌う曲がいくつか流れた後に、突如、流れたのは、サザンオールスターズのいとしのエリーだった。

この曲がヒットしたのは一九七九年のことだ。『勝手にシンドバッド』でデビューしたサザンオールスターズは、当初は明るくてパワフルなイメージだったが、三枚目のこのシングルは意表をついたバラッドだった。しかしこの曲は大ヒットした。当時娘の恵理は十一歳だった。エリーと名のつく曲だからこそ、すぐに特別な曲になった。私がその歌のサビのところで恵理を見つめながら歌うと、ちょっと嫌そうな顔をして笑っていたけれど。

そしてドライブ中、ちょうどいとしのエリーが流れた時に面白いことが起こった。サザンオールスターズが飛んだのだ――。

というのも、ドライブは順調に進み、車が長い橋に差し掛かったところだった。橋にはいくつか道路の継ぎ目があり、渡っている間は、その上を通った時に車に振動がくることになる。そして、その振動は後部座席に置いたラジカセにも伝わり、その瞬間音が飛ぶのだ。ちゃんとしたカーステレオで、カセットテープやCDを直接入れていたら、こんなことは起こりにくいだろう。ラジカセを座席にそのまま置いたから起こったものだった。

そして継ぎ目は等間隔であるから、一度、二度と、音が途切れるのが続いた後は、次にいつ音が飛ぶのか予測できるようになる。そこでサザンオールスターズの曲に合わせて歌いながら、音が飛ぶタイミングと同時に、私も恵理も歌うのを一瞬ストップさせるというのを試みた。「いまのは惜しかった」「これ車の走る速度でも変わるじゃん」なんて話しながら試したものの最初の数回はうまくいかなかったが、完璧にタイミングが合った時は、思わず二人で笑ってしまった。

「そんなこともあったなあ……」

ドライブの旅先でたどり着いた光景よりも、そのことをやけに覚えていた。恵理も楽しかったのだろう。こんなに運転が楽しいならタクシーの運転手になるのもいいな、なんて言っていた。最新のカーステレオが付いているようないい車にも乗れなくて、代わりにラジカセを車の中に持ち込んだだけだったのに。

けど、そのささやかな日常がとても幸せだった。高級車に乗るよりも、CDで高品質の音楽を聴くよりも、私にとっては、その瞬間が特別だった。恵理といられるその時間が、幸せだった――。

「恵理……」

いつの間にかコンビニから聞こえていたサザンオールスターズは、他の流行《はや》りの若者のバンドの曲に変わっていた。

混雑した駅前で、私だけが行き場を見失って立ち止まっている。

「なんで……」

――なんで死んでしまったんだろう。

死んだ瞬間には、湧き上がらなかった感情が、今になってふつふつと湧いてきていた。

私は、恵理が大学も卒業して、社会人になって、それから夫になる慎一《しんいち》さんを見つけてくれたことで、役割を終えたと当初は思っていた。

後悔なんて、少ないものだと思っていた。

でも、違う。

「うっ……」

娘の晴れ姿が見たかった。

ウェディングドレス姿が見たかった。

恵理からしても、私にその晴れ姿を見せたかったのではないだろうか。

結婚式の三ヶ月前なんて大事な時に、私は娘をひどく悲しませてしまった。

もうやり直しはきかない。

面と向かって謝ることさえできない。

最後に、こんなカセットテープ一つ渡して、恵理は許してくれるだろうか……。

「――戸田さん」

その時、私の名前を呼ばれた。もしかして知り合いが近くにいたのではないかと、一瞬びっくりした。ここで私の死を知っている相手に会ってしまえば、カセットテープを渡すことすらできなくなってしまう。

だけど、私の心配は杞憂《きゆう》に終わった。そこに立っていたのは案内人さんだったから。

「浮かない顔をされていますね、気分の上がる曲でも聴きますか？　THE BLUE HEARTSはいかがでしょう？」

案内人さんはロックが好きなようだ。そのジャンルに疎い私も、甲本《こうもと》ヒロトの恰好《かっこ》よさは知っていた。

「気分転換にも音楽は素晴らしいものですよね」

そう言って、案内人さんがポケットから取り出したのは、ソニーのカセットウォークマンだった。手軽に持ち運べるポケットサイズのカセットプレーヤーとして爆発的にヒットした商品だ。今でこそポータブルＣＤプレーヤーを使う人も増え始めていたが、根強い人気のあるものだった。

「……案内人さんも、そんなもの持ってるんですね」

私にとって案内人さんは、天国や神の使いだと思っていたから、そんな俗世間にまみれたものを使っているのが意外だった。しかし、案内人さんから返ってきた言葉は、もっと予想外なものだった。

「ご褒美にもらったんですよ。もともと現世で過ごしていた時も使っていたことがあったので」

「現世で……」

ということは、案内人さんも私と同じように、もともとこの世界で暮らす一人の人間だったのだろうか。事情はわからないけれど、さまざまな経緯があって、今はさよならの向う側の案内人をやっているようだ。

そして案内人さんは、そのカセットウォークマンを掌に載せて言葉を続けた。

「私はカセットテープが好きなんですよ。簡単に自分だけのベストアルバムを作れますもんね。今のＣＤにはできないことです。それでもダブルラジカセが出る前は、音楽を録音するのにも苦労しましたけどね。ラジカセの内蔵マイクによる録音では、他の音が入らないように静かにしていなければいけませんから。テレビから自分の好きな曲を録りたい時に限って人に呼ばれたり、電話が鳴ったりして……」

「確かにそれは、ラジカセの録音でのあるあるですね。みんなそうなんですね……」

ラジカセの内蔵マイクによる録音は、いわばボイスレコーダーのように外の音をそのまま収録するものだ。だからこそ、特定の音を録りたい時は、かなり注意が必要だったのだ。

しかし、そこで案内人さんは、また意外な言葉を続けた。

「まあ、後になって聴いてみると、そういうのが入ってたりしても面白かったりするんですけどね。それで妙に懐かしくなってしまったりして」

案内人さんが、ふっと笑ってそう言った。

私も同じようなエピソードをいくつか思い出す。でもその話をする前に、あることを頭の中で思いついていた。

「そうか……」

ただカセットテープを渡すだけではなくて、自分がもっと恵理のためにしてあげられることがあった。

サザンオールスターズの歌を借りるならば、〝いとしの恵理〟のために――。

「……案内人さん」

「なんでしょう、戸田さん？」

そう聞き返した時、既に案内人さんは何かに気づいていたようだった。

「……ちょっと手伝ってもらいたいことがあります」

「なんなりとお受けしますよ。既に賽《さい》は投げられているのですから」

またどこかの舞台役者のように、案内人さんがそう言った。

○

今日が、最後の衣装合わせの日だと聞いていた。私の死からは二週間が経っている。少しずつ日常を取り戻していると思った。そして私の想いを汲んでくれているのなら、式に向けて準備を進めてくれているはずだった。だからこそ私は迷うことなく、恵理のもとへと向かっていた。

ここへ来るまでの準備は済ませた。後は会いに行くだけだ。といっても、私は目の前に姿を現すことはできない。その点においても、案内人さんの力を借りる必要があった。

「ここに恵理さんがいるんですね」

以前から衣装合わせをしていた、ドレスショップへとやってきた。男二人で入るのには勇気がいる場所だったが、案内人さんは躊躇《ちゅうちょ》することなく、店の中へと入っていく。

「だ、大丈夫でしょうか……」

「こういう時はね、できるだけ堂々としているほうがいいんですよ。自分自身の心持ちのままでは動揺してしまうなら、代わりの何者かを頭の中で想像するのもお勧めです。誰かになりきるという感じですね」

その言葉通り案内人さんは、余裕を持って微笑を浮かべながら店内を闊歩《かっぽ》していく。私もその後ろにつきながら、恵理の姿を捜した。

だけど先に恵理から私の姿を見つけられることはないように、注意深く、慎重に……。

「お客様」

と、その時声をかけてきたのは、ドレスショップのスタッフの男性だった。

「何かお伺いしましょうか？」

スタッフとしては、マニュアル的な対応なのだろう。ここで動揺した態度を見せてはいけない。そしてすぐに言葉がうまく出てこない私に代わって、案内人さんが対応してくれる。

「お気遣いをありがとうございます。ではお願いしてもよろしいでしょうか？」

案内人さんは、私とは全く違って、余裕を持った態度のまま言葉を続ける。

「本日こちらに衣装合わせに来ている、戸田恵理さんの知人なんです。どうしても今日でなければ渡せない贈り物があって参りました。よかったらそちらへ案内していただけますでしょうか？」

「そうでしたか、もちろんご案内いたします。こちらへどうぞ」

スタッフの男性は、相手が何者であるかを認識すると、そこからの対応は早かった。案内人さんの語り口も巧みだったのだろう。土壇場でこしらえた話にもかかわらず、全く言い淀むところがなかったのだ。

「こちらです」

そして扉の前へと案内される。それからスタッフの男性が、ドアノブに手をかけたところで、案内人さんが場の流れを制止するように言った。

「すみません、そういえば一さんは、先ほどトイレに行きたいと言っていましたよね。ここは手始めの挨拶は私に任せて、先に済ませておいてください」

「えっ、あっ、わかりました」

さっきそんなことは言っていなかったが、案内人さんの意図に気づいて、すぐにその言葉に従った。このまま扉を開けては、私が娘と対面してしまう可能性が大いにあったのだ。しかし、扉を開けたのに私だけが入らないのも、案内したスタッフからすると不可解なはずだ。

ここで私だけを一旦、別行動に移させるのは得策だった。細心の注意を払って、『戸田』という名字をこの場では出さないように、初めて『一さん』と呼んだ案内人さんの配慮に、トイレの洗面台の前で私は感動すら覚えていた。

「ふぅ……」

そして、一息ついてから、再びさっきまでいた場所へと歩いて行く。また扉の前に着いた。さっきのスタッフはもういない。代わりに扉がほんの少しだけ開いていた。これもまた、案内人さんが残してくれた私への最大限の配慮だろう。

それから私は、その隙間から中の光景を見つめた。そこにいたのは紛れもなく、私の最愛の娘の、最良の日の姿だった――。

「恵理……」

思わず名前を呼んだ。その声は決して届くことはない。届かないとわかっていたから呼べたのだ。純白のウェディングドレスを身に纏《まと》った恵理がそこにいた。あまりにも美しかった。私がその姿を見たのは初めてだった。この姿を見られただけでも、この世界に今一度戻ってきた甲斐《かい》があると思う。だけどこれで終わりではない。まだ娘に伝えるべきことがある。それを中継して繋いでくれるのは、案内人さんだった――。

私が作ったカセットテープは、既に恵理の手の中に収められていた。もうこれで充分と言えるだろう。プレゼントのカセットテープを渡すことができたのだ。そして娘のウェディングドレス姿を見られた。最後の一日として、本当に満足のいくものだったのだ。

「えっ……」

しかし、それだけで終わりではなかったようだ。既に案内人さんはあることを手配していた。同じ部屋の中にいるスタッフが、ラジカセをテーブルの上に置いたのだ。私がトイレに行っている間に、案内人さんがスタッフに持ってきてもらうように頼んだみたいだ。

「なにを……」

そして、そのラジカセの中に、プレゼントしたばかりの私のカセットテープを入れる。それから間を置いて、曲の再生が始まった――。

「そんな……」

まさかこの場所で、カセットテープを再生してくれるなんて思わなかった。プレゼントを渡した後のリアクションを見るのは少し怖い気もするけれど、私にとってもこれはプレゼントのようだった。娘と一緒にまた音楽を聴くということができるなんて、想像していなかったから。

そしてまずラジカセから流れてきたのは、恵理が小さい頃に流行った、結婚式でよく歌われる定番の曲だった。

小柳《こやなぎ》ルミ子《こ》の『瀬戸《せと》の花嫁』

チェリッシュの『てんとう虫のサンバ』

両方とも明るい曲調で、歌の内容としても、結婚式にぴったりの曲だ。カセットテープには、まるまる一曲を録音しているわけではない。一番だけだったり、サビの部分を合わせたり、連続して流れるようにもしている。手間は少しかかるが、そんな些細《ささい》な部分にも配慮して、最後のプレゼントを贈りたかったのだ。

それから次にドリカムの『未来予想図Ⅱ』のバラッド曲が流れると、聴いているみんなも少し感傷的な表情になった。そしてもっと大きく恵理の心が揺れ動いたように見えたのは、サザンオールスターズの『いとしのエリー』が流れた時だった。

一瞬、目を見開くようにしてから、深く目を閉じたのがわかった。

「恵理……」

あの日のことを思い出しているようだった。それは私も一緒だった。私もこの曲を聴くたびに、一緒に車に乗ってドライブをした時のことを思い出してしまう。

きっと何度聴いても、何年経っても、そうなのだろう。

音楽は思い出を閉じ込めているのだ。

その曲をほんの少し聞いただけで、大切な思い出の眠っているあの頃に戻れる気がする。

「あぁ……」

あまりの懐かしさに、思わず泣きそうになっていた。この曲を一緒に聴いたのは、ドライブの時以外にも何度もあった。学校で失敗をして落ち込んだ時に、励ますためにこの歌を歌ったことがあった。中学生の思春期の時には、私を見て歌わないで、なんて言われたこともあった。でも高校生になって、また歌っていいよと言われて、大人になってからはドライブで流してくれて……。

「恵理……」

きっと君も今、同じことを思い出しているはずだ。一枚の扉を隔てた先でもそう思っているのがわかった。胸の中がわあっと温かいもので満たされた時に、小さい頃から私の前で見せていたようなそんな表情を今していたから。

そして次の曲、Queenの『I Was Born To Love You』が流れて、一気に雰囲気が明るくなる。フレディ・マーキュリーの力強い歌声が響き渡ると、周りの空気の温度も一瞬で上がる気がした。

それから、今度は恵理の青春時代を彩ったに違いない八〇年代半ばから後半の曲がいくつか流れる。

チェッカーズ、THE BLUE HEARTS、竹内《たけうち》まりや、プリンセス プリンセス、中森明菜《なかもりあきな》……。

名曲が流れ続けている間、部屋の中にいる全員が聴き入っているようだった。ただ単にカセットテープだけを渡していたら、この光景は決して見ることはできなかった。この場所で再生するよう手配してくれた案内人さんのおかげに違いなかった。

「あっ……」

そして、私がカセットテープに最後に入れた曲が流れ始めた。

米米CLUBの、『君がいるだけで』だ。

今の一九九二年のヒットソング。テレビをつければ、街を歩けば、どこからか聞こえてくるようなそんな流行りの曲だ。結婚式にもふさわしい曲だろう。

この曲が最後だというのは、カセットテープのインデックスを見ればすぐにわかったはずだ。だからこそ聴いているみんなも、それを感じながら聴き入っているように思えた。

これが最後の曲、私から恵理に贈る、最後の歌――。

――そして曲が終わると、静寂が訪れた。

これで終わった。

みんながそう思ったに違いない。

だけどその後に、私だけしか中身を知ることのない、恵理への最後の贈り物が残されていた――。


「――聞こえるかな、恵理。結婚おめでとう」


その瞬間ラジカセから聞こえてきたのは、私の声だった。

「お父さん……」

一瞬、何が起こったのか、恵理もわかっていないようだった。

「これって……」

でもすぐに理解したみたいだ。そう、ラジカセには外の音をそのまま録音する機能がある。

その機能を使って、最後の曲の後に、私から恵理へのメッセージを残すことにしたのだ。それを思いついたのもまた、案内人さんのおかげだった。ラジカセの内蔵マイクで外の音楽を録音する時は、声を出さないように静かにしなければいけない、と言われて、曲の後にメッセージを残すことを思いついたのだ。

そして、部屋の中には、私から恵理への最後のメッセージが流れる――。

「お祝いの時ぐらいは、こういう言葉を残しておいてもいいよな。お父さんのリストはどうだったかな。……これを作ってる間も、色んなことを思い出したよ。恵理が小さかった頃から今まで、卒園式とか、入学式とか受験とか、それから免許をとって運転好きになって、車の中で歌っていたドライブのこととかね。……小さい時からお母さんがいなかったから、寂しい思いはさせたくなかった。私はちゃんとお父さんができていたかな。お母さんの分もやれていたかな。……でも、私には恵理がいてくれたから、お母さんがいなくなってしまった後も、今日という日まで、笑顔で来ることができたんだ。……そして君はこれからを共にする大切な相手と出会うことができたね。もう心配は要らないね。バトンを渡せた気がする。これは大切なバトンだ。お母さんもきっと笑ってくれているよ。……そして慎一さん。娘を幸せにしてください。一緒に幸せになってください。それからもしも不幸な時が来ても一緒に乗り越えてください。あなたなら安心して娘を預けることができます。……でも恵理、やっぱり幸せになることを一番に願っているよ。どうか幸せになってください。君には心の底からそうなってほしいと思う。だって、君は私をこの二十数年間幸せにしてくれたから。私は君がいるだけで、ずっと幸せだったから。ありがとう、恵理――」

そこで、私の流れる声がやんだ。

「お父さん……」

そう呼んでくれたのは、恵理だった。

「お父さんっ……」

涙ながらの声だった。

「あ、あぁ……」

私も当然のように泣いていた。この涙を止められるわけがなかった。

一枚の扉を隔てて、親子が二人泣いていた。

「恵理……」

目の前に姿を現すことはできない。

それがルールだから。

でも幸せだった。

この涙は、悲しみや切なさだけではなかった。

温かなものが満ちていて、それが抑え切れなくなってこぼれ落ちてきただけだ。

扉の隙間から恵理の顔を見てそう思った。

小さい頃から私の前で見せていたようなそんな表情を、君がまたしていたから——。

◆

「……ありがとうございました、案内人さん」

再びさよならの向う側へと戻ってきた戸田の第一声は、案内人への感謝の言葉だった。

「どうしたんですか、戸田さん。私はあくまで案内人としての務めを果たしただけですよ」

「だとしたら、あなたの務めというものは本当に尊いものだと思いますよ。私を最後に、こんなにも幸せな気持ちにさせてくれたんですから」

「あまりにも褒められすぎると困りますが、そう言ってもらえることは何よりも嬉しいことです。悔いのない最後の再会を終えられて本当に良かった」

「そうですね、悔いのない最後の再会でした……」

その言葉には、ほんの少しの含みのようなものが混ざっていた。

そして案内人に尋ねられるよりも先に、戸田は胸に溜まった思いを吐露する。

「最初にここに来た時は、後悔なんて少ないと思っていましたが、後になって色々湧き上がってきたんです。バトンを渡したとは言ったけれど、やっぱりもっと生きていたかった。孫の顔だって見たかった。贅沢《ぜいたく》かもしれませんけど、もっと時間が欲しかったです……。今更未練がましい男ですよね……」

「そんなことはありませんよ、後悔のない人生なんてありえないものですから。戸田さんは、今のままの想いを抱えていていいと思います」

「そうですか。ここで案内人をしているあなたにそう言ってもらえると、ホッとします」

実際に心に落ち着きを取り戻したのは、やはり目の前の案内人から言われた言葉だったからだ。案内人も、過去は自分と同じように、現世で生きるただの人だった。そこから案内人の役割を務める立場になった人にそう言ってもらえたのは救いにもなる言葉だったのだ。

そして気持ちが落ち着いたところで生まれたのは、先のことを考える余裕だった。

「最後の再会を終えたわけですけど、これから先、私はどうなるんですか？」

「この先にはまた、新たな扉が待っています。準備はよろしいでしょうか？」

その言葉に、戸田はこくりと頷く。

「ええ、あなたのおかげで」

「そう言っていただけて何よりです」

案内人がそう言ってから、空に向けて、指をパチンッと鳴らす。

すると戸田の目の前に、真っ白な扉が浮かび上がった。

最初の木製の扉とは違う、神秘的な雰囲気すら感じさせる扉だった。

「これから戸田さんはこちらの最後の扉をくぐり、生まれ変わりを迎えます。縁があれば、きっとまた今の世界で会った人たちに会うこともできるかもしれません。といっても、私が案内できるのはここまでですが……」

そう言って、案内人が真っ白な扉に手を差し向ける。

「心の準備ができたら、ご自身のタイミングでどうぞ。それとも最後に何か思い出の曲でも聴いていきますか？」

案内人がポケットから差し出したのは、カセットウォークマンだった。

しかし、戸田は小さく首を横に振ってその提案を断った。

「いえ、もう今は充分です」

「充分？」

戸田が小さく笑って答える。

「ええ。頭の中ではカセットテープを再生しているように、恵理と一緒に聴いた曲がたくさん流れていますから」

その言葉を聞いて、案内人も柔らかく微笑《ほほえ》んだ。

「お疲れ様でした、戸田さん」

戸田も柔らかく微笑む。

「案内人さん、素敵な最後の案内をありがとうございました」

それから戸田は真っ白な扉に手をかける。

目を瞑《つむ》ると、やっぱり頭の中に曲が流れた。
音楽を聴くと、いつでも心はあの頃に戻れる。
恵理と過ごした、幸せなあの日々に――。

そして扉を開けると、戸田の体が真っ白な光に包まれた――。

第二話

Tomorrow never knows

「うわぁー、それにしてもマジでやっちゃったな、ないわぁ……」

さよならの向う側を訪れた市川哲也《いちかわてつや》は、一通りの説明を案内人から聞いた後、頭を抱えた。

今でも後悔が残るのは、自分自身の思ってもみなかった人生の幕引きのことだった。

目の前に立つ案内人は、落ち込む市川に向かってある情報を提示する。

「でも駅ホームからの転落事故って、そんなに少なくはないみたいですよ。年間に三千件ほど起こっていて、その六割を酔ったお客さんが占めるみたいです」

「六割ってことは千八百件くらい？　俺もその一人ってことかあ……」

「市川さんは死亡事故にまで至ってしまっているので、もっと数は少なくレアだと思いますよ」

「そんな希少性全然嬉しくないけど……。フォローになってないから……」

「すみません、フォローというか、ただ詳細をお話ししただけでした。とんだ失礼をいたしました」

案内人が、市川に向かって、うやうやしく頭を下げる。やれやれといった感じで、市川も頷いた。でもそんなに気分が悪くなったわけではない。むしろ最初の説明の際から、てきぱきとして仕事ができそうなタイプだと好感を持っていた。

「いいんだよ、別に。俺はただ単に自分が呆気《あっけ》なく死んじまったことに落ち込んでるだけだからさ。起きちゃったものは仕方ないさ。確率が高かろうが低かろうが、自分の身に起きたらそれまでってことで」

そんな風に話す市川を見て、意外そうな顔を見せたのは、案内人の方だった。

「切り替えが早いですね。不慮の事故ならもっと涙を流しながら、後悔の弁を述べ続ける人も多いものですよ。無理して先を急がなくてもいいんですからね」

その言葉に市川は、あっさりと答えた。

「全然無理なんかしていないよ。すぐに気分を切り替えるのが自分の性分なだけさ。そうだな、学生の頃からスポーツを色々とやっていたのも関係してるかもしれないな。サッカーやバスケってのは攻守の切り替えが大事なんだよ。それと似たように捉えているところはあるだろうね。そのおかげで、今まで仕事だって上手《うま》くやってこられたしな」

「市川さんは、イケイケの営業マンって感じですよね。仕事ができそうな雰囲気がとてもします」

「それさっきまで、俺もあなたに思ってたんだけどなあ」

そこで市川は苦笑した。だけど、そう言われて悪い気はしなかった。そして営業トークというわけではないが、当たり障りのない雑談を振ってみる。

「案内人さんってさ、これが仕事ってことなの？　それとも、もともと案内をするためだけに生まれた存在みたいな？」

「それで言うと、仕事という方が近いかもしれません。元は市川さんと同じように、生身の人間ですので」

「そうなんだ。じゃあ案内人の前はどんな仕事をしていたの？」

その言葉に、一つ間を置いてから、にこっと笑って案内人が言った。

「そうですね、主に子供を泣かせたりとかしてましたね」

「最低だな！」

「冗談ですよ、あくまで仕事の一部です」

「一部は本当なんかい！」

どこまでが冗談でどこまでが本当なのか、市川にはよくわからなかった。でも、このミステリアスで余裕のある雰囲気が、どこか魅力の一つなのかもしれない。やっぱり仕事ができるタイプだと思った。そしてモテそう、とも。

「さて、雑談はこれくらいにして本題へと戻りましょうか。市川さん、あなたが、最後に会いたい人は誰ですか？」

「最後に会いたい人ねえ……」

このさよならの向う側を訪れて最初にされた質問を、もう一度向けられた。

そして実はもう答えは、市川の頭の中にあった。

自分の死を知らない間柄で、自分が会いたいと思える相手——。

そのルールの中で、パッと思い浮かんだ人物が、一人いたのだ。

「……まあ、一人会いたいと思った友達がいるよ」

その言葉を聞いて、案内人は安堵したように顔を綻ばせる。

「それはよかったです。なかなか決まらない人も多いものですから。すぐに思いつくくらい会いたかった人なんですね」

「いや、別にそういうわけでもないけどな」

「……それは、一体どういう相手なんですか？」

その質問に、市川は自信を持って答える。

「俺の死を確実に知らないであろう環境で過ごしている友達ってだけさ」

○

「マジかあ……」

——気づくと、秋葉原《あきはばら》にいた。最後の再会の説明が終わった後、あの案内人がいきなり目の前に出した扉をくぐっただけだ。それなのにまたこんな場所にいる。どうやらさっきまでの出来事は、夢や幻の類《たぐい》ではないようだ。さよならの向う側という空間があるのも、あの案内人がいたことも紛れもない事実だ。そして今までの説明が全て真実だとするなら、俺に残された時間はきっちり二十四時間ということになる。それに、自分が死んだことを知っている人に会ってはいけないというルール付きだ。

「……」

そして今、さっきまでの出来事が真実だということを突きつける相手が目の前に立っていた。

「案内人さん、ここで何を……」

通り沿いのゲームセンターの前に、さっきの案内人がいたのだ。

「いえ、現世へと戻る最初の場所に東京を選ぶ方は、私の担当していた中では、ほとんどいなかったので、つい珍しく思ってしまいましてね」

「……案内人ってそんなほいほいと移動していいもんなんだな」

「それはまあ、案内人によりますよ。さよならの向う側を訪れた人への関与の仕方も人それぞれです」

そう言って案内人は、ＵＦＯキャッチャーにコインを投入してお菓子の箱を取ろうとする。

「あぁ、残念」

景品を取るのには呆気なく失敗した。だが、本気で悔しがっているようには見えない。

「市川さんは、ゲームは好きですか？」

「ゲームは好きな方だけど、そんなに得意ではないさ。ゲームが上手かったのは、聡《さとし》の方だから」

「聡さんというのは、今回最後の再会に選んだ方ですよね」

「ああ、そうだ。聡と前に会ったのもこの場所だったんだ」

聡は中学の同級生。生前に再会した時は本当に偶然が重なった末の出来事だった。あれはＷｉｎｄｏｗｓ95の発売日まであと数時間という時だった。俺は仕事の出先で遅くなってちょうど秋葉原にいた。あの日は一種のお祭りのようでもあった。異例の深夜販売というのも影響していたのだろう。夜だというのに、Ｗｉｎｄｏｗｓ95の販売開始を待つ人だかりが各所で出来上がっていて、その中に聡がいたのだ。

最初は本当に相手が聡なのか確信がなかった。中学の頃とはすっかり雰囲気が変わっていたからだ。髪もボサボサ、肌の手入れもしていなくて、四角い眼鏡をかけて、まるで別人のようだった。でも声をかけると、当時を思い出したかのように返事をしてくれた。笑った顔は、昔とそんなに変わらなかったと思う。その時の再会が、十四年ぶりだった。

「ということは、こちらでまた聡さんと会う予定ですか？」

「いや、そういうわけじゃない。ここでは手土産を買っていくだけだから」

「手土産！　気が利きますね、さすが立派な社会人です。やっぱり市川さんは仕事ができる人なんですね」

「別にこれは、そうでもしないと家に入れてもらえない可能性があるからってだけだよ」

「そうなんですか。聡さんはなかなか気難しい方なんですね」

「いや別に気難しいっていうか……」

　聡の雰囲気が大きく変わっていた理由は、それとなく噂《うわさ》で聞いていた。家の事情があったとか、受験か就活に失敗したとか言われていたけれど、真相まではわかっていない。確証を得られるまでは他の人に詳細を話す気にはなれなかった。俺はあくまで三ヶ月前に聡と軽く話しただけだ。話題を変えたくて、別の話を振ってみることにする。

「……それにしても、ここはいつ来ても賑《にぎ》わってるよなあ。って言っても、俺が聡と会った時の前にここに来たのは『ドラゴンクエストⅢ』の発売日だったけどな」

「ああ、あれはまさに社会現象とも言えましたよね。学校では、休んで買いに行ってはいけないなんてお達しまで出るくらいでしたし」

　話がうまく切り替わったのには安心したが、そんなことまで案内人が知っているとは思わなかった。

「案内人さんは、そんな前のことも知っているんだな。あれはもう八年前の一九八八年のことだと思うけど」

「その頃は、まだ私もこの世界で過ごしていましたからね。バブルの頃でしょうか。まあそんなバブルの恩恵に与《あずか》るような仕事はしていませんでしたけれど」

「そうだったのか……」

案内人になって、まだそんなに長くはないようだ。それにしても、そんな話まで聞くと、やたらと身近な存在に感じてしまう。急に、相手のことをもっと理解したいという気持ちが湧いていた。

しかしそんなタイミングで、案内人が思わぬ言葉を続ける。

「まあ、私は子供を泣かすのが仕事の中心でしたからね」

「やっぱり最低だな！」

理解しようと思って損した。そして今度は案内人の方から仕事の話を振ってくる。

「ちなみに市川さんは、お仕事は？」

「そうだな、ずっと不動産の営業をやってきたから、その頃は景気が良すぎる話ばかりだったよ」

「それは素晴らしいですね、まさにバブルど真ん中じゃないですか」

「まあ、バブルの弾けた後が、死ぬほど大変だったわけだけどな……」

バブルの頃よりも、バブルが崩壊した後のことの方を鮮明に覚えていた。家にも帰らず会社にいる時間の方が長かった、激務の頃だ。バブル崩壊から続く不景気の中でリストラされていないこと自体マシなのかもしれないけれど、辛いものは辛い。擦り減る毎日だった。あの頃のことは、もう思い出したくない。燃え尽きたような、燃やされたような、そういう感覚があった。死んだ後にあっさり切り替えができたのは、あの時、一旦心が死んでしまったからなのだろう。その時の感覚を今でもずっと引きずっているところはあった……。

「ここにもビジネスマンの方が多くいますね。これからの日本経済がどうなるかはわかりませんが」

「……日本経済は、不景気のまま安定してきた感じだな。このまま灰色の空気感がずっと残り続けるんだろう」

話に出てきたので答えたが、正直言って、日本経済とか空気感とか、そんなことは別にどうでもよかった。俺は既に死んでいる。どうなろうが関係ない。この世界に未練なんてものは何もないのだから。

「……さあ、さっさと買い出しだ」

気持ちを切り替えて歩き出すと、後ろから案内人の声がかかった。

「市川さんが、カラフルな空気感の中で、より良き最後の再会ができるように祈っています」

「……」

カラフルな空気感ってなんだよって思ったけど、何も言わずにそのまま歩いた。どちらかというと、この街こそがカラフルだ。コンピューターやゲームの、ギラギラとした看板がいたるところにある。

これからスーパーファミコンよりも、もっと凄いゲーム機だって出てくるだろうし、少しずつ身近になり始めたインターネットの発展で、飛躍的にテクノロジーが進化する部分もあるのだろう。そういうのが体験できないのは、少しだけ寂しい気がする。未練にも満たないような、ささやかな後悔。

でも、それくらいしか思わないってことは、やっぱり俺はこの世界に別にいてもいなくてもいいんだなと思ってしまった。

灰色の空気感がそう思わせたのかどうかは、わからないけれど。

○

「ごめんなさい、聡、今ちょっと忙しくて会う暇がないみたいで……」

久々に聡の家の前へとやってきた。今も実家で暮らしていると、秋葉原で会った時に聞いていたので、容易に着くことができた。

そして想定通りインターホン越しに断られることになったが、居留守を使われなかっただけマシである。根本的に拒否されているわけではないのがわかった。ここで秋葉原で買った手土産が役に立つというものだ。

「……そしたら聡に、いいものを持って来たって伝えてほしいんですけど」

「いいもの？」

「ええ、『アークザラッド』と、『鉄拳』と、『ときめきメモリアル』です」

「はっ？」

「この三つの名前を聡に伝えてもらえれば大丈夫です。それだけでわかってくれるはずなので」

「はあ……、アークザラッド、鉄拳、ときめき……」

聡のお母さんの声は困惑していた様子だったけど、何とかタイトルは伝えられそうだった。

そして数分もしないうちに、インターホン越しの声が聡に変わる。

「入れよ、歓迎するぜ」

忙しくて会う暇がないと言っていた奴の発言とは思えない。しかし、俺の手土産のチョイスがよかったことが証明されたみたいで、気分は悪くなかった。これで作戦成功だ。

「聡と会うのはＷｉｎｄｏｗｓ95の発売の時以来だな」

「なんで今日はこんな急に来たんだよ。しかもわざわざ手土産まで持ってきてさ」

「……まあ、たまたま思い出したんだよ」

深く語ることはできないから、曖昧に答えた。ただ、こうやって再会できたことで、聡が俺の死を知らないことは確信できた。俺の死は同級生にも伝わったはずだけど、聡にまでは届かなかったのだろう。今連絡を取っている相手がいないだろうという予想は、やっぱり当たっていたみたいだ。そして聡は早速、俺を自分の部屋に通してくれる。

「おぉ、変わってねえなぁ……」

部屋の中に入ってすぐ湧いた素直な感想だった。小学生の頃から使っていた勉強机が、まだ置かれているあたりが、妙に懐かしく感じられる。壁際に置かれたテレビに接続されていたのはスーパーファミコンだ。セットされていたソフトは『クロノ・トリガー』。これをやっていたから、会う暇がないくらい忙しかったのだろう。

「もう、一度は全クリしたんだけどさ、『つよくてニューゲーム』ってモードがあるんだよ。最初からセーブデータを引き継いででめちゃくちゃ強くて、敵が全員簡単に倒せてさ、マルチエンディング用みたいだけど斬新だよな。ストーリーも面白いしキャラも音楽も良い。流石《さすが》『ドラクエ』の堀井雄二《ほりいゆうじ》と『ファイナルファンタジー』の開発スタッフと『ドラゴンボール』の鳥山明《とりやまあきら》の合作って感じだよ」

頼んでもいないのに、聡がそう饒舌《じょうぜつ》に説明した。俺もクロノ・トリガーのタイトル自体は知っていたけれど、プレイしたことはないから言っていることはよくわからなかった。なんかすごい組み合わせなのは確かなのだろう。聡の雄弁な語り口が物語っていた。

「あー、俺も人生〝つよくてニューゲーム〟してえわ。いや、こんな無職引きこもりのままだと、〝ただのニューゲーム〟にしかならないか。まあそれでもいいけどさ、ははっ」

聡は冗談っぽく言ったけど、どう反応すればいいのかわからなかった。ある程度、聡の現状については前に会って話した時に推測していたつもりだったけれど……。

「……引きこもりってわけじゃないだろ、前に秋葉原にも来てたし」

「まあな、引きこもりにも種類があるからな。そういうガチ引きこもりってわけじゃないんだ。買いたいものがあれば夜には出かけるし。まあ、働いてないで家にばっかりいるのは確かだけどな」

自分で言っていて、ばつが悪くなったのか、そこで一度間を置いてから、聡が思い出したように言った。

「……それにしても、こんな風にうちに来て話すの久しぶりだよな。というか本当は家に誰かを入れる気なんてなかったんだけどな。哲也が手土産まで持って来るなんてまいったよ」

「いやその哲也呼びが懐かしすぎて泣けてくるわ。俺も、さっとん、って呼んだ方がいいか？」

「それも懐かしすぎるだろ。さっとんかー、とか呼んでる奴もいたしな」

「コップンカーみたいに言うな！　とか突っ込んでたよな。かーどこからきたんだよ」

「いや、まじでくだらなすぎる」

今の話ではなくて昔の話をすると、一瞬であの頃に戻った気がした。この方がずいぶんと気分が良い。日本の景気や仕事の話なんて今はする必要がなかった。

思えば中学の頃は、俺は聡とかなり仲が良かった。クラスの中心、いわゆる一軍の位置にいたと思う。休み時間になると、教卓の前に集まって話したり、校庭でサッカーをしたりして、修学旅行ではバスの一番後ろの座席に座るようなそういうタイプだ。

「……懐かしいな」

あの頃は楽しかった。今では全くなくなってしまった無敵感みたいなものがあった。友達と一緒にいて、目の前のことが楽しければそれだけでよかったし、怖いものも不安も何もなかった。

「なあ、哲也はもう飯は食ったか？」

「いや、まだ」

「じゃあファミレスでも行こうぜ」

「おう、行こう」

その言葉に乗ると、ますますあの頃に戻った気がした。

○

サイゼリヤかバーミヤンで悩んで、結局サイゼリヤにした。「哲也とならやっぱりサイゼリヤだよな。市川って名字だし」というのが決め手だった。これは中学の頃にも聡が言っていたが、千葉《ちば》の市川《いちかわ》市がサイゼリヤ発祥の地であるというのが理由だった。

「あー旨かった、久々にイタ飯《めし》食ったな」

「サイゼリヤも確かにイタ飯っちゃイタ飯だよな。バブルの頃に流行ったもんな、イタリアンの飯」

「値段は庶民的で助かるけどな、ミラノ風ドリア最高だよ」

店を出て、夜道を歩き出しても、そんなどうでもいい会話が中心だった。でも、それが心地よかったのは言うまでもない。店の中でもだいぶ話し込んでしまった。思えばこんなくだらない話をするために、聡に会いに来たと言っても過言ではなかったのだ。

「……そういえばさ、学校帰りに、この道歩いてた時、カツアゲされそうになったことあったよな」

聡の口からまた思い出話が再開される。そのエピソードは俺もよく覚えていた。

「近くの不良の高校生が、『なに笑ってやがんだよ』とかいきなり言ってきたやつだよな。誰も笑ってないのに、マジびびったわ」

「いやごめん、あれ実は俺がめっちゃ笑ってた」

「はっ、マジで?」

「あの不良のママチャリが、ハンドルめっちゃ高くしてカマチャリにしてて笑っちゃったんだよ」

「いやふざけんなお前」

笑って肩を小突く。でもこのエピソードには、まだ続きがあった。だから今でも笑って話せるのだ。

「じゃあお前のじいちゃんは、結局、自分の孫の尻拭いをしたってだけなんだな」

「確かにそうなるな。マジでじいちゃんがあの時来てくれなかったら、どうなってたかわからないよなあ……」

そう、あの時ずっと絡まれて、その場から動けなかった俺たちのもとにやってきてくれたのが、聡のじいちゃんだった。結構な大人が出てきて、相手も面倒になったようだ。聡のじいちゃんが、だいぶガタイも良くて威圧感があったのも関係しているだろうけれど。

「聡のじいちゃん恰好よかったよなあ。さっきはいなかったけど、出かけてる？」

「……もう数年前に亡くなったよ。最後まで気丈なままで恰好よかったけどな」

「そうだったか、そうだよな……」

人の死の話を聞いて、自分も既に死んでいることを、まざまざと思い知らされた気がした。

いや、思い出したと言ってもいいのかもしれない。俺は聡のじいちゃんと同じ立場で、既に死んでいるのだ。さっきまで馬鹿話をずっとしていて、忘れてしまった気がしていた……。

「……じゃあ、今は聡は両親との三人暮らしか」

「そうだな、親の脛《すね》をかじり倒してるよ」

「そんなかじりすぎると骨が見えてくるぞ」

「骨は出汁《だし》が出て旨いんだよ」

あんまり笑えないことを、聡は笑って言った。そうやって笑い飛ばさなければ、言えないことでもあるのだろう。その気持ちは俺にもほんの少しだけわかる気がした。

「あっ、もうこんな時間か。早いところ家に戻らなきゃな」

聡が、自分の腕時計を見て焦ったように言った。

「こんな時間から何かあるのか？」

俺も時計を確認すると、午後十一時が近づいている頃だった。

聡は、ニヤリと笑って答えてくれた。

「テレホタイムだよ」

まるでピアノでも弾くかのように、聡が指で何もない空をタタンッと叩いた。

「テレホタイム開始の十一時ぴったりだと混雑して繋がらないことが多いから、フライングで数分前にインターネットに繋いでおくのがコツなんだ。まあその分、『テレホーダイ』の定額からはみ出して少し電話代がかかるけどな」

家に戻ってきてから、居間のパソコンの前に座って聡が流暢に説明を始めた。テレホーダイとは午後十一時から午前八時まで、指定した二件までの通話先への電話が定額料金でかけ放題になるNTTのサービスのことだ。そして、その時間はテレホタイムと呼ばれている。

インターネットの接続には、基本的に電話回線を利用するダイヤルアップ接続が取られているため、ネットに繋いでいる間はずっと電話を使っている状態になり料金がかかり続けることになる。それが、テレホーダイに入って通話先としてプロバイダーのアクセスポイントの電話番号を指定すれば時間内は定額でネットに繋ぎ放題にできるので、インターネットを長時間頻繁に利用したい層にとっては、またとないサービスになっていた。

「この音がなんかいいよな。変な鳥が鳴いているみたいだけど、不思議な世界に繋がっていく始まりの音って感じもする」

ダイヤルアップ接続のボタンを押してから、聡が言った。変わった物言いだけど、案外、的外れではないと思った。

ピィーー、ヒョロロロオォー……。

この音は本当に独特で、他では聞いたことがない。何か始まりの音というのにふさわしいとも言えた。

「……聡はインターネットではどんなことをやってるんだ?」

俺が質問すると、聡は画面から目を離さないまま答えた。

「んー、基本的には掲示板でチャットすることが多いかな。色んな人がいて楽しいよ。普段話せないような人がここにはたくさんいる。身分も名前も性別も何も明かさなくていいから、ずいぶん楽だ。誰と話したっていいし、どんなことを話してもいい。テレホタイムが終わる朝までずっと話してるよ。このテレホタイムのせいで、昼夜逆転生活のネット中毒が量産されてるのかもしれないけどな」

やや自虐的ではあったけど、聡は楽しそうに語った。

「今はどんなことを話しているんだ？」

「よく話題に上がるのはノストラダムスのことだな。もう何年かすれば二〇世紀も終わる。お前も知ってるよな、『ノストラダムスの大予言』」

「ああ、もちろん知ってるよ。小学生の頃に大ベストセラーになったしな。一九九九年の七月に恐怖の大王が降ってきて、人類が滅亡するって話だろ」

ノストラダムスに関しては、知らない奴の方が少ないのではないかと思った。それくらい有名な話だった。

「そう、それだよ。人類滅亡の予言の時がだいぶ近づいてきて、またブームが再燃してるんだよ。海外では映画をやったり、テレビでも特集が組まれたりしてるからな。恐怖の大王の正体は、核兵器だとか、隕石《いんせき》だとか言われてるけど、実際のところはその時になってみないとわからないだろうな」

「……聡はノストラダムスを信じてるのか？」

一瞬置いてから俺が質問すると、聡はさっと答えた。

「ああ、信じてるよ。それに信じてる人は全然少数派じゃない。そうなってもいいとか、そうなればいいとか、願ってる奴だっているくらいさ」

「そうか……」

その言葉に俺は上手く答えられなかったけど、聡はそのまま雄弁に話を続ける。

「結局未来があまりにも灰色すぎるんだよ。俺たちがガキの頃と別物だ。去年だけを振り返ってみてもどうだ、阪神《はんしん》・淡路《あわじ》大震災に地下鉄サリン事件、見ていて目を背けたくなるニュースばかりだろ」

「……それは確かにそうかもしれないけど、良いことだって少しはあるだろ。イチローの活躍でオリックスがリーグ優勝したし、野茂《のも》だって大リーグで活躍して新人王を取ったぞ」

「野球だけじゃないか」

鼻で笑って、聡は言葉を続ける。

「前にやってたサッカーだって、結局ドーハの悲劇でワールドカップに出られなかっただろ。日本はてんで駄目なんだよ。バブルが弾けてからこの国は終わったんだ。社会が終わってるんだ。俺みたいに思う奴がいるのも、社会が悪いんだよ。今の時代に生まれて運が悪かったんだ」

「……でも、次のワールドカップのフランス大会には出られるかもしれないじゃないか」

「どうせ無理だろ」

「無理じゃないさ」

そう答えたタイミングで、聡が呆《あき》れたように言った。

「それでも結局、野球とサッカーだけじゃないか」

それは確かにそうだ。俺が詳しいのはスポーツくらいしかないから、こんな流れになってしまった。

でも、俺は今、意図的に話の本質から逃げてしまった。聡がこの状況になってしまった理由を知らなければいけないのに、そこを避けてしまった。昔の話ではなく、今の話をした途端に流れ出てくる聡の中の闇の部分が怖かったのだ。

今さらまた話を元に戻すことはできない。俺は励ます意味も込めて、聡に言葉を投げかける。

「けど、インターネットってやっぱりすごいよな。家から出なくても、こんなに知らない人と繋がれるなんて驚きだよ。……こうやって繋がることが誰かの救いになるかもしれないよな」

「それはどうだろうな」

俺の言葉に、聡は独り言のように言葉を続ける。

「インターネット上で気軽に話せるようになって、社会との関わりが持てているような錯覚に陥って、ますます現実での関わりが減ったりしてな」

聡は言葉を続ける。

「テクノロジーがいくら進歩しようが、人はどこまでいっても孤独なんだと思う」

「……」

その言葉に俺は何も答えられなかった。本当は何か言わなければいけないのに、何か行動を起こさなければいけないのに。それが今日ここに来た理由でもあったはずなのに……。

それから聡のカチャカチャというタイピングの音だけが響く。でもその後にすぐマウスをカチッとクリックする音がした。

「……見ろよこれ、なんだと思う？」

聡が画面を指差したので俺も覗《のぞ》き込んだ。チャット掲示板に唐突に、『世界一の面白画像！』というタイトル付きで、リンクが張られていたのだ。

「この画像クソ重いな……！」

そしてその画像はやたらとでかいらしく、まだ背景上部の一部が表示されているだけで、ずっと読み込み中のままだった。

「ふんっ、もうここまで来たら絶対見てやるよ。これで全然面白くなかったりしたら許さないからな。世界二位の面白さでも文句言うぜ」

そう言って、聡は席を立った。わざわざ軽い口調で言ったのは、聡もさっきの話題になることを避けているからなのかもしれない。

「朝には全部見られるだろうから、一旦部屋に戻ろう」

「……ああ、そうしよう」

大事な話を避けた自分が嫌だった。何のためにこの場所にやってきたのだろう。

でも、まだわずかしか表示されていないネットの中の一枚の画像に、ほんの少し救われた気がした。

○

部屋に戻ると、聡は俺が買ってきたアークザラッドを始めた。一人夢中になっている間に、部屋の隅に置かれた本棚を眺める。さっきは気にもしていなかったけど、こうして眺めると、たくさんの種類の本があった。一番多く並んでいたのは漫画だ。ジャンプ、マガジン系列の少年漫画が大半を占めていたけど、中には、少女漫画の『ベルサイユのばら』もある。それにコーヒーの正しい淹れ方、なんて本もあった。

「……コーヒー、自分で淹れて飲むのか？」

「ああ、好きなんだよ。夜は長いから眠気を覚ますのに最適だし、自分で淹れると旨いからな」

「そうか、それはいいな」

「何か本棚を見られると、自分の心の中を覗かれてるみたいでむず痒いな」

そう言って、聡が小さく笑った。その気持ちは俺にもわかったので、本棚からは目を離そうと思った。が、最後に一冊の本に目が留まってしまった。

「……」

『完全自殺マニュアル』という本だ。確か二年前くらいに発売されて、十代、二十代を中心に爆発的に売れてミリオンセラーのヒットになったから俺もよく覚えている。

その本が本棚の一番端っこの、でもいつでも手に取りやすいような場所に置かれていた。

「…………」

ふと手を伸ばす。何か触れてはいけないものに触ろうとしている気がして、聡には何も聞けなかった。でもその不穏な空気を感じ取ったのか、聡がコントローラーから手を離して、声をかけてきた。

「それ、哲也も読んだことあるか？」

「……いや、俺はない」

「そうか」

哲也が再びコントローラーを手に取る。

「読んでみると結構面白いぞ。淡々と色んな自殺の仕方が書いてあるだけだけどな。だからこそいいのかもしれないが」

俺にとっては何が「だからこそいい」のかわからないが、聡はそう言った。そして、本を手に取らずに立ち尽くしたままの俺に聡は言葉を続ける。

「その本が伝えたいことって、『いざとなれば自殺してしまってもいいと思えば、苦しい日常も気楽に生きていける』ってことなんだよ。俺も読んでから初めて知ったけど」

「そうなのか……」

本の中身を読んだことがない俺には、その言葉は特別な響きがした。聡にとっても、初めて読んだ時はそうだったのかもしれない。でもそのことを知らずにこの本を買ったということは、聡は……。

「悪くない考え方だと思っていたよ。それにさ、よく考えたら数年後にはノストラダムスの予言が的中して、世界も滅びるかもしれないからな。どうせなら一人で死ぬよりも、みんな一緒に死ぬほうがいい。それまで俺はゲームかインターネットでもして気楽に過ごしてるさ」

その言葉は、冗談っぽく言っているようで、本音で言っているように聞こえた。つまり、本音を冗談のように言っているのだと思った。

「……聡はやっぱりノストラダムスの予言が当たるって信じてるんだな」

「ああ、そうだな。信じた方が面白いからな」

「……面白いって言ったって、予言が的中したらこの世界はなくなるんだぞ？」

俺がそう言った後に、ほんの少しの間があってから、聡が言った。

「こんな世界、いつなくなったっていいだろう」

俺はその言葉にすぐには何も答えられない。きっと中学の頃にそう言ったら、聡から同じような言葉は返ってこなかっただろう。世界が残ってほしいと思ったはずだ。未来をもう少し信じていたはずだ――。

「なあ、聡……」

俺はもう逃げたくはなかった。やっぱり向き合わなければいけない問題なのだ。今の話をすれば、どうしてもこの話に繋がってしまう。ノストラダムスの予言よりも先に、俺が消えてしまう前に、ちゃんと聡と話をしなければいけなかった。

「……そんなこと言わないでくれよ。昔のお前はそんな奴じゃなかっただろう」

俺の言葉に、今度はさっきよりも大きな間があってから聡が答えた。

「……もう昔の俺じゃないからな。中学の頃がピークだったんだよ。というかバブルと一緒だよな。一度、あんな最高潮を味わったのが良くないんだ。こんなことになるなら、中学の頃ももっとつまんなくてよかったんだ。……それなら今みたいな生活とのギャップで、昔を思い出して、苦しくなることもないからな」

聡が、コントローラーを持ったまま話を続ける。

「……中学を卒業した後、高校はまあまあのところに行けた。でも、大学入試は志望校には落ちてさ、それで行きたくもなかったところにやる気なく入学したわけだから、うまく大学にも馴染めなくてさ、休みがちになって留年してから自主退学。……それからはずっとこんな生活だよ。全然バブル関係なくて笑えるよな。今更ちゃんとした仕事に就けないのは、バブルが崩壊して、不況のせいとか言って理由つけてるけど、結局、景気が良い頃にも何もしてなかったせいだからな」

ゲームの画面は何も変わっていなかった。

「……社会のせいにするのって楽だよな。自分には責任がないからさ。それに今更行動するのも怖いんだよ。自分が本当に無能な奴ってわかっちゃうかもしれないだろ。そしたら本当に最後のプライドすらもなくなっちまう。……だったら、このままでいい。やろうと思えば、色んなことができるって、そうやって思い込んだまま死ねたら悪くないだろう。最低限のメンツは保たれる。だって俺は中学の頃は実際色んなことができたんだからな。……その点、ノストラダムスの予言は好都合だよ。このまま急にみんなで死ぬなら何事もなく終わることができる。最後に平等に終わる。だから、予言が的中して世界が終わることを望んでいる奴らがいるんだろう。……俺もその一人になっちゃったんだよ、終わってるだろ？」

ファミレスで話した時よりも、帰り道を歩いた時よりも、今までで一番聡が長く話をした瞬間だった。

聡の心情が、この上ないくらい吐露されていた。なんでそんな話をここまで俺にしてくれたのかわからない。お土産を持ってきたからだろうか、それともやっぱり同級生だからだろうか。

だとしたら俺は今、その話をしてくれた聡に対して何ができるだろう。

きっと、これはSOSのはずだ。

だから話してくれたんだ。

俺が今、聡のためにできることは――。

「……じゃあもしも予言が外れて、世界がその先もちゃんと残り続けたらどうするんだ？」

俺の質問に、聡はすぐには答えなかった。

そして間があってから、つぶやくように言った。

「……そんなのわからないさ」

その後に聡は、すぐに言葉を続ける。

「……まあ、くだらない話をしちまったな、忘れてくれ。深夜テンションで話しただけだから」

聡は、俺とは目を合わせずに画面を見つめたままそう言った。

もうさっきのことを冗談のようにしてしまった。

俺はそんな聡の背中を見つめた。

こんな時、中学の頃の俺ならなんて言った？

あの頃、この部屋に来て、遊んでいた時のことを必死に思い返す。

俺もあの時、冗談のようにして本音をぶつけたのではないだろうか——。

「なあ、聡……」

一度声をかけてから、床に転がっていた一本のゲームソフトを手に取る。

そして今度は聡の顔をちゃんと見て言った。

「……俺と『ストリートファイターⅡ』で勝負しろよ」

「はっ？」

「俺が勝ったら、お前はノストラダムスの予言が当たろうが外れようが、世界を救う主人公みたいに生き続けてくれよ」

○

スーパーファミコンのゲームを勝負に持ち出したのには理由があった。聡の土俵で勝ちたいと思ったのだ。そうすれば聡も俺の無茶な要求でも納得して受け入れてくれると思ったのだ。

しかし、目の前にあったからといって、それを手に取ったのは大失敗だったかもしれない。

一戦目が終わって早速後悔していた。

「俺の勝ちだな」

俺が空手のキャラのリュウを使って、聡が手足が伸びるキャラのダルシムを使っていた。

テレビからPERFECTの音が流れてくる。

一つのダメージも与えられず、全く手も足も出なかったのだ。歴然とした力の差があった。

「……もう一回！」

「何回やっても結果は同じかもしれないけどな」

「……やってみなきゃわからないだろ！」

その言葉にムキになって立ち向かう。しかし聡の言葉通り、何回やっても結果は同じだった。

「下キックだけで倒せるわ。はい、また哲也死んだ」

「……死んだって言うのやめろ。ってかダルシム強すぎだろ。その下キック、ハメ技みたいなもんだし」

「そしたらキャラ変えてもいいぜ、好きに選んでくれよ」

もはやハンデ戦のようになっている。しかしキャラを変えても聡は圧倒的に強かった。

「……ぐう」

「やられすぎて、ぐうの音《ね》出てるじゃん」

相当やりこんでいる。正直もうこのままでは敵《かな》う気がしなかった。

「でも、ぐうの音が出るってことはまだ余裕があるってことか？　どうする？」

「……っ」

その通りだ。ここで簡単に諦めるわけにはいかなかった。

「次はマリカーで勝負だ！」

「格ゲーは勝機がないとみたか。まあ別にいいぜ」

聡の発言を聞いて少しは気を取り直したが、結局、蓋を開けてみると、結果は何も変わらなかった。レーシングゲームの『スーパーマリオカート』も、聡は完全に極めていた。

「くそっ……！」

連敗に次ぐ連敗。聡は明らかに手慣れている。コース取りやアイテムを使うタイミングを完全に把握しているのだ。

「いい加減、もう諦めろって。とうとうぐうの音も出なくなったじゃないか」

「……もうふざけてる場合じゃなくなったんだよ」

「真剣になっても結果は変わらなかったけどな」

「……いいから、もう一回」

「ったく、急にどうしたんだよ。そもそも世界を救う主人公みたいに生き続けてくれなんて、馬鹿なこと言い出して……」

「……馬鹿なことなんかじゃない」

「馬鹿だよ、じゃなければくだらないね」

「……くだらなくなんかない」

「なんだよ、本当にお前急におかしくなったのか？」

「……おかしくなんかなってない」

聡からしたら、確かに変な奴に思えただろう。俺だって同じ立場ならそう思ったかもしれない。急に家にやってきて、生き続けてくれよ、なんて言われたらわけがわからなくなるはずだ。

「……もう一回、やるぞ」

「……わかったよ」

――けど、俺は聡にそう言いながら、本当は自分にも言い聞かせていた。

「く……っ」

聡が本音をほんのわずかでも自分に明かしてくれた。本当は俺も話したいことがあった。だけど、その話をすれば、俺はこの世界からすぐに消えていなくなってしまうだろう。俺の死は、ただの事故というわけではなかった。本当は自分が亡くなったあの日、自ら死ぬことを選択したようなものだったのだ――。

「……」

——ずっと、疲れていた。リストラにあった他の社員の分の仕事が自分に回ってきたのもあって、仕事に追われる毎日だった。押しつぶされそうだった。元から相当の仕事量だったのに、勤務時間内に仕事を終わらせられないと、上司から厳しく叱責された。「次クビになるのはお前だ、役立たず」なんて言われるのは日常茶飯事だった。その通り早くクビにしてほしいと心の中では願っていた。俺が役立たずというのは事実だったから。ただ、その場から早く逃げ出したかった……。

きっと今の社会には、こんな光景がたくさんあるんだと思う。バブルが弾けた後は常に閉塞感みたいなものがあたりに漂っていて、業界によってはそれが色濃く出ていた。残業の毎日の中で、体は疲れているはずなのに、なかなか眠れなくなった。薬は効かず、無理やり眠るために酒を飲み始めて、ますます体調を崩すような悪循環が続いた。それなのに、酒を飲む量は増えていき、あの日も仕事終わりに、コンビニで買った酒を飲んでいた。それで、そのまま駅のホームに立っていたのだ。

別に、そこで死のうと思って自ら飛び込んだわけではない。会社を辞めることすら言い出せない臆病者の自分が、自殺を決行するなんてことができるはずがなかった。

ただ、偶然の出来事があった。酔いと疲れのピークが重なって、前のめりに膝からくずおれてしまったのだ。そこでちゃんと踏ん張れば、転落することはなかったはずだ。

だけど俺は、電車がホームに入ってきていることにも気づいていたのに、足に力を入れなかった。

こんな、背中を押してくれるきっかけをきっと待っていたのだ。

もうここで終わりにするのもいいのかな。

楽になりたい。

そう思ってしまった。

この終わり方は都合が良かったのだ。これならきっと、酔っ払いがホームから転落した事故死扱いされる。会社から逃げ出した、競争社会に負けた、生きることを諦めた、そんな風には思われないはずだ。

つまり俺は、最後の最後まで見栄を張っていたのだ。そのくだらない自尊心がなければ、あっさりと会社を辞めることもできたはずだ。会社を辞めて逃げ出したと思われるのが嫌だった。自ら退路を断って自分を苦しめた。

その結果がこれだ。事故のようにして死んだ。

――死ぬ選択をしたのではなく、生きない選択をしただけだ。

こんなやり方は、完全自殺マニュアルに載っているのかわからない。自分が死んだ後なんて、どうなっていたってかまわないはずなのに、そんなことまでずっと気にしていたのだ。

自分の中にプライドが強くあり続けたのは、聡と同じように学生生活が充実していたのもあると思う。俺はあの頃とても楽しんでいた。クラスの中心人物の一人だった。だから、今の自分自身の状況が信じられなかったし、過去と比べて、今の社会人生活に恐ろしいほどのギャップを感じていた。

もうあの頃には戻れないし、これから先、あの時以上に楽しいことなんて待っていないんだと思うと、無性に生きていたくなくなったのだ。だからこそ痛いくらいに、今の聡の気持ちがわかってしまった……。

「はい、また哲也死んだ」

「……だから死んだって言うなって」

俺のマシンがコースアウトしたタイミングで聡がそう言った。でも実際、死んでみてどうだ。全てがスッキリしただろうか。事故死に見えれば、プライドが保たれたまま死ねて良かったと思えただろうか。

「……」

そんなこと、あるはずがなかった。死んだ途端に今までの全てが過去になって、その先どうやってもやり直せないことに気づいた。もちろん生きていたって過去を変えられるわけではないけれど。

「もう一丁いくぞ。次はボンバーマンな！」

「結構運も大事なゲームになってきたな、まあ、いいけどよ」

——でも、今を生きていないと、もう過去を懐かしむことすらできないことに気づいた。

こうやって、聡とゲームをできるのも今日が最後だ。正直言って、今の時間は楽しい。なんか幸せって感じだ。あの頃にほんの少し戻れた気がする。

きっと聡も同じように楽しんでくれていて、だからこそ今も付き合ってくれているんだと思う。このプラスの感情を、もっと大事にしておけばよかった。プライドなんかよりもプラスの方がよっぽど大事だったはずだ。

そう考えると、生きているうちにも、聡に会いに来ることはできたはずだ。そしたら俺の未来ももう少し変わっていたかもしれない。そう思うと、やっぱり後悔の気持ちは募る。

今の俺にできることは、もうあと一つだけだ。

——聡に伝えたいことがある。

そのために、俺はここへやってきたんだ。

聡は俺と同じ状況に陥っている人間だけれど、俺とは違って、抱えている後悔を手放せるよう、やり直す時間が残されているのだから——。

「……なあ聡」

「なんだよ、手は抜かないぞ」

早速始めたボンバーマンでも、案の定、俺はコテンパンにやられていた。

「いま、楽しいよな」

「……なんだよ急に。お前、やっぱりおかしいぞ」

「聡は楽しくないのか？」

「……そりゃ楽しいけどさ」

「なら良かった」

またやられた。

何も言わずに再戦を始める。

「なあ聡」

「なんだよ、話しかけてミスを誘う気か？」

「誰かが電話をかけたら、出てくれよ」

「……なんだそれ」

「ポケベルが鳴ったら、反応してくれよ」

「……いや俺ポケベルなんて持ってないし」

「誰かが扉をノックしたらさ、出てきてくれよ」

「……」

「お前はこのまま生き続けてくれよ。ドラえもんが生まれた二十二世紀だっていずれはくるんだぜ」

「……なんで泣いてんだよ」

聡にそう言われて、初めて気づいた。急に目から涙がこぼれ落ちてきていたのだ。感情が溢れ出したとか、そういう感じだ。俺は今、涙と一緒に色んなものを聡に託そうとしている。

「これは……、ゲームやり続けてたからドライアイが……」

「ドラえもんだのドライアイだの、ドラドラうるさい奴だ」

聡がそう言って笑って、でも、それから少しだけ真剣な表情になって言った。

「……ここにあるどんなゲームでもいいから、哲也が勝ったらお望み通り生き続けてやるよ。でも、ドラえもんが実際に生まれそうな気配なんてこれっぽっちもないけどな」

「ドラえもんは二一一二年生まれだから、まだ後一一六年猶予があるよ」

「その頃俺たち百四十六歳だぞ」

「長生きしなくちゃな」

それから俺たちは、徹夜でゲームをすることにした。

それは勝負でありながらも、俺にとってはどこか懐かしい、とても幸せな時間だった——。

○

「勝った……」

——夜が明けていた。ストリートファイターⅡでも、マリカーでもボンバーマンでも一度も勝てなかったが、最後の最後にとあるゲームで、はじめての勝利を手にすることができた。

　そのゲームは、『ときめきメモリアル』だった。いわゆる恋愛シミュレーションゲームである。どちらがより短い時間で、ゲームの中の女の子と付き合えるかを競ったのだ。そこで勝利したのが俺だった。格ゲーやアクションゲームの類では勝ち目がなかったけれど、恋愛ゲームでは違った。わずかながら勝っていた恋愛経験の差が出たんだと思う。半ば強引ではあるけれど、勝ちは勝ちに違いなかった。

「……ったく、まさか哲也がこんな時間まで粘って、ときメモまで始めるとは思わなかったよ。集中力が鈍ってもう眠かったせいだわ」

　既に窓からは明るい陽《ひ》の光が差し込んでいる。午前七時を過ぎていた。朝までゲームをやるなんて、大学生の頃に初代ファミコンをやった時以来だ。なんだかこんなところでも、青春時代を思い出した気がする。生活リズムとしてはあまりにも不規則で、社会人になってからは、こんな風に一日を消費したことはなかったけれど。

「ふぅ……」

　念願の勝利を手にして、そして夜まで明けると、自分に残された時間の終わりを間近に感じた。充実した時間だった。色んなことを思い出した時間だった。それでももうすぐ終わりがやってくる。こんな時間がいつまでも続くわけがないのだ。

「終わりだな……」

　懐かしさってのはとても良いものだけど、いつまでも浸ることはできないものなんだと思う。

それを俺たち二人はよくわかっていた。そういうのが大人になるということなんだろう。

「……よしっ、じゃあそろそろ行くわ」

「おう、急に来て急に去っていくな」

「……そういうもんなんだよ」

これでも来るのは遅くなってしまった方だ。もっと早くこの場所に来ていれば、お互いにとっても、より良い未来があったかもしれないから。

「……ちゃんと約束守れよ」

「一勝二百敗くらいの戦績のくせによく自信満々に言えるな」

「勝ちは勝ちだからな、だから約束は約束だぞ」

「わかってるよ」

「もっと外に出ろよ。今日だって楽しかっただろ」

「いや俺たちほぼ家にいたじゃないか」

「違う、もっと前のことだよ。Ｗｉｎｄｏｗｓ95の発売の時、あそこで偶然再会してなかったら今日もなかったんだよ」

「それはそうかもな……」

「……だから、そういうもんなんだよ。人と会うとさ、きっと何かが起こるんだよ。俺は、そう思ってるよ」

俺の言葉に、聡が小さく頷いた。聡にとってもあの日は、たまたま家を出て遠出をした日のはずだ。

そしてあの日の邂逅《かいこう》が、今日に繋がった。インターネットが身近になってきたけれど、それでもやっぱり人は人に実際に出会うことで何かが生まれるんだと思う。俺もそんなことに、この本当に最後のタイミングで気づかされていた。

「……よしっ、帰るわ」

俺が部屋を出ようとすると、そのまま聡も立ち上がった。

「見送るよ。でもちょっと先にトイレ行かせてくれ」

思えば中学生の頃もそうやって見送ってくれていたことを思い出す。それから聡のトイレを待つ間に先に廊下を歩き、パソコンのある居間を通り過ぎようとしたところで、思わず立ち止まってしまった。

「これは……」

あるものを見つけたのだ。

パソコンのそばに置いてある一枚のソフトだ。そこにはＰＣエンジン版のときめきメモリアルがあった。

「……」

スーパーファミコン版よりも先に発売されていたこのソフトをやっていたのなら、聡が俺との勝負に負けるわけがないはずだ。というか聡は、スーパーファミコン版のときめきメモリアルをやっている時だって、ＰＣエンジン版のことなんてまったく話に出していなかったのだ。

「まさか……」

今思えば不可解な点はまだある。朝までゲームをやって集中力が鈍ってもう眠かった、なんて言っていたが、聡はほぼ毎日テレホタイムで、朝まで他の人と会話を交わして昼夜逆転の生活を送っているはずだ。だとしたら、聡はわざと——。

「聡……」

それがただ単に、俺の諦めの悪さに根負けしたのか、それとも自分自身で生き続けることを選択してわざと負けたのかはわからない。後者であってほしいとは思うけれど、それは聡だけがわかっていることだ。

だけど俺は信じている。聡は約束をちゃんと守ってくれる男だと——。

「あっ」

その時、トイレから出てきてそばにやってきた聡が声を上げた。俺がＰＣエンジン版のときめきメモリアルを見つけたことに気づいたのかと思ったけど違った。

「世界一の面白画像、もう表示されてるはずだ！」

「あっ」

すっかり忘れていた。そういえば、ゲームをする前にクリックして開こうとしていたのだ。

あまりにも重いデータだから放置したままだった。

「よしっ、確認するぞ……」

聡が、ホーム画面から再びウェブページに画面を戻す。

するとそこには、昨夜クリックした画像がハッキリと表示されていた――。

「こ、これは……」

「ブルース……」

「ウィリス……」

画面に表示されていたのは、アメリカの有名俳優ブルース・ウィリスの顔のアップの画像だった。それも超特大で高画質のものである。

「メリークリスマス……」

そして顔の近くに「メリークリスマス！」と、ブルース・ウィリスが叫んでいるように文字が入った画像だった。

「意味がわからん、なんでブルース・ウィリスなんだよ……」

「ほぼ騙しリンクだろこれ、くそっ……。ってかこれ『ダイ・ハード』のやつだろ」

「1と2と3のどれだよこれ」

「どれでもいいだろ、どれでもマクレーンだよ」

「はぁ、一晩待ってブルース・ウィリスって……」

「なんでこんな朝から高画質のブルース・ウィリスを眺めなきゃいけないんだ……」

それから一瞬の間があって、お互いに同じようなタイミングで、ぷっと噴き出した。

「……ヤバい、高画質のブルース・ウィリス、ヤバい！」

「言葉の響きがクソくだらないわ……」

「あまりにも綺麗なんだもん、毛穴までくっきり」

「毛穴とか言うなよ」

「世界一の面白画像に偽りはなかったな」

「いや、これ深夜テンションの延長だろ。徹夜じゃないと、こんなの笑えないって！」

——って言いながら、二人で馬鹿みたいに笑った。

多分今までのフリが効いていたんだと思う。あれだけ長時間待ってテレホタイムをフルに使って、早朝の高画質ブルース・ウィリス画像はなんか笑えたのだ。世界一の面白画像が本当にこれを狙って掲示板に張られたのかわからないけれど、確かに笑ってしまったから俺たちの負けだ。今日はゲームの一勝こそあったけれど、結局負けてばかりだ。でも悪くない負けだと思う。こんなにも馬鹿みたいに笑い合えるのなら——。

「……ダイ・ハードの中でもブルース・ウィリスは世界を救っていたけど、ノストラダムスの人類滅亡の予言の年の頃に、またブルース・ウィリスが世界を救う映画をやってたりしてな」

　聡が笑いながらそう言って、俺も乗った。

「それ絶対観たいわ。隕石から地球を救うパターンとかな」

「そんなの絶対人間には無理そうだけどな。まあ、馬鹿みたいなやり方で結局救っちゃうのかもしれないけど」

「……なぁ、馬鹿みたいなことのついでに、俺も馬鹿みたいなこと話していいか？」

　玄関までやってきたところでそう言うと、聡がほんの少し興味深そうな顔をした。

「なんだよ急に？」

　俺は靴を履いて、玄関扉の前に立ってから話を続ける。

「……扉って結構色んなのがあるんだぜ」

「そりゃあるだろ。家とか店とか部屋とか、どこにでもあるんだから」

「……そういうのだけじゃないんだよ。……例えば亡くなった後に二十四時間だけ現世に戻ってこられる扉とかもあったりするんだって」

「なんだそれ、オカルト雑誌の『ムー』にでも載ってたか？　お前ノストラダムスとか信じるタイプだろ」

「いや、お前が言うな」

またそこで一緒に笑い合って、それが最後のくだらないやりとりになった。

「じゃあ、またな」

聡がそう言って手を振った。聡は本当に純粋にその言葉を言ったんだと思う。

俺は一瞬、なんて答えるか迷ったけれど、当たり前のようにこう答えた。

「おう、またな！」

子供の頃に遊んだ時と同じ別れ方のほうが、今の俺たちにはふさわしいと思ったのだ。

今はまだ最後までこの時間に、浸っていたかったから——。

それから、勢いよく目の前の扉を開ける。

すると、むせかえるような懐かしさと、朝日のまぶしい光が全身を包み込んだ——。

第三話

チェリー

「私は、最後の恋の人に逢いたいです」

　さよならの向う側を訪れた桜野文子《さくらのふみこ》は、この場所でのルールを説明をしてくれた案内人に向かって、はっきりとした口調で言った。

　――初恋ではなく、最後の恋。その言葉には案内人も、興味をそそられたようだった。

「美しい言葉の響きですね。それでは文子さんが最後の恋をしたのは、どんな方だったんですか？」

　案内人の質問に小さく頷いてから、文子は答える。

「私が経営していた喫茶店によく来てくれたお客さんです」

「なるほど、素敵な出会いですね」

「ええ。年齢は私と同じ七十代くらいだと思います」

「年齢もぴったりですね。お客さんと店主、何か物語が始まりそうな予感がする二人です」

「そう言ってくれるのは嬉しいけれど、この歳で恋だなんて自分でも馬鹿げていると思うの。でもいつからか、その人が来てくれることが私の楽しみになっていて……」

文子は、思い出しただけなのに、幸せそうに笑って言った。その様子を見て、思わず案内人も笑顔になって尋ねる。

「その方のお名前をご存じですか？」

「日車《ひぐるま》　修三《しゅうぞう》さんです。背が高くて存在感があるから、お店に入って来た時のことは印象に残っています。名前を知ったのは、ずいぶん後になってからですけど」

「お名前を知ったのはどういうタイミングだったんですか？」

案内人の言葉に、文子はこくりと頷いてから答える。

「直接自己紹介をしたとか、そういうわけではないんですよ。修三さんはよくお孫さんを連れてうちのお店に来ていたので、そんなに話す機会はなかったんです。それでも一度お店を改装してから再オープンした時に、マーガレットの花をプレゼントしてくれて、その時に名前も教えてくれました」

「花の贈り物なんてとても素敵じゃないですか。普通の人はそんなプレゼントをよく通っているお店の方だからといって渡しませんよ」

「……いえ、それでも私と修三さんの関係は、あくまでただのお客様と店主のままでした。本当にただの優しさで花も渡してくれたんだと思います。それに、修三さんが亡くなった奥さんを大切に想っているのは知っていました。だからそれからも話をしたのは、修三さんがお店に一人で来た時だけで、私も関係性を進展させようなんて思いませんでした。私にとっては、同じ時間をお店の中で過ごせるだけで幸せだったんです。最後の恋ってそういうものなのかもしれません。ちゃんと形になることをそんなに求めはしなかった。……でもわがままなものですよね。こうやって自分が死んでしまって、もう会う機会を完全に失ってから、やっぱり想いを伝えたくなるなんて……」

文子は、そう話をしながら修三と過ごした温かな時間のことを思い出す。修三は窓際の席が好きで、いつもブラックのコーヒーを飲んでいた。最初に話したのは、文子の店のサイフォン式のコーヒーを気にいってくれたのがきっかけだった。ゆっくりとお湯が重力に逆らって立ち上っていく姿を、じっと眺めるのが好きだったみたいだ。そして文子はそんな修三を眺めているのが好きだった。あの時間は静かなものだけど、確かに幸せと言っていいものだったはずだ。

「失ってから気づくものは多いので、仕方のないことだと思います。それにこのさよならの向う側は、その最後の再会の機会を、もう一度与えてくれる場所ですから」

案内人は、そのまま言葉を続ける。

「……それでは文子さんは最後の再会については、修三さんに会いに行くということで、問題がなさそうですね。このまま現世に戻る準備を進めてもよろしいでしょうか？」

しかし、その言葉を聞いて文子の表情が若干曇る。実はまだ案内人に話していない懸念事項があった。

「あの、心配していることが一つあって……」

「心配？」

文子がこくりと小さく頷いてから言葉を続ける。

「最後に修三さんがお店に来たのは、もう数年も前のことなんです。私も体力の問題もあって、開店する日が少なくなっていたから、顔を合わせる機会がなかったのも仕方なかったのかもしれないですけれど……」

「……それは確かに懸念すべき事項ですね。修三さんがお店に来なくなった理由はご存じですか？」

「わかりません。最後に来てくれた時もいつもと変わらない様子でした。けどもちろん私たちもこの年齢だからこそ覚悟してる部分はあります。もしかしたら私と同じように修三さんも既に亡くなっている可能性があるのかもって……。そんなのあまり考えたくありませんけど……」

「そうですか……、確かにその可能性を否定することはできませんね。もしそうだった場合、最後の再会自体、かなり難しい状況になってしまいそうですが……」

「そうですね、私は修三さん以外に会いたいと思っている人はいませんから」

文子ははっきりとそう言った。その言葉に覚悟を決めたように頷いたのは、案内人の方だった。

「文子さんの気持ちは、よく理解いたしました。それでも可能性が万に一つでもあるのなら、ここはその選択をするべきでしょう。最後くらい、そんなわがままをしたって、文句を言う人はいません。文子さんの望むままに、最後の二十四時間を使ってください」

「ありがとうございます、案内人さん。そんな風に言ってもらえたのなんて、本当にいつ以来かわからないくらいです。お店で一人働いている時は、わがままを言える相手なんていなかったですから」

「ずっと一人で気丈にお店に立たれていたんですね。文子さんの生き方を尊敬します。そして私にできるのは、些細な最後の案内のみなのが、心苦しいくらいです」

そう言って案内人が、指をパチンッと鳴らすと、木製の扉が目の前に浮かび上がった。

そして案内人が扉に向かって手を差し向けると、その前に文子が自然と立つ。

「それでは最後の再会についての説明を、改めてさせてもらいます。最後の再会に残された時間は一日、二十四時間です。そして会えるのは今までに自分の死を知らない人だけ。何人に会ってもかまいませんが、亡くなったことを知っている人に会ってしまえば、その時点で強制的に現世からは姿が消えてなくなり、このさよならの向う側に戻って来ることになります。他に何かご質問はありませんか？」

「いいえ、何もありません」

「それでは後はご自身のタイミングで目の前の扉を開けてください。その先が現世へと繋がっています。どうか、素敵な二十四時間の旅になりますように」

うやうやしく案内人が頭を下げると、文子も合わせるようにお辞儀をした。ここまでの案内は、そつのない丁寧なものだった。文子も商売をしていたからこそ、人のそういう部分を見てしまうところがある。案内人の仕事ぶりに感心しているところもあった。

「ふぅ……」

扉に手をかけて、一つ息を吐く。

この歳になって、こんなことが自分の身に起こるなんて思ってもみなかった。

いや、この歳になったからこそ、この場所を訪れることにもなったのか。

そんなさまざまな思いを頭の中で巡らせながら、文子はゆっくりと扉を開けた――。

○

――なんて不思議なことが起こっているんだろう。さっきまでの乳白色の世界はとても奇妙だった。けれど、こうして再び現世に戻ってこられたのは、もっと驚くべきことのように思えてしまった。

「……はぁ」

なぜかわからないけれど、思わずため息をついた。疲れているとか、そういうことではない。一度息を大きく吐いて、落ち着きたかったのだ。

この状況は、私は生き返ったと言っていいのだろうか。いや、死んだままだけれど、もう一度だけこの世界に戻ってきたと言った方が正しいのだろう。いわば幽霊のようなものだ。

こんな現象があるなんて、今まではまったく信じられなかったけれど、実際に自分の身に起こってしまうと、信じるしかないから不思議なものだった。

「……はっ」

そして今度は自分の目的を思い出す。私がこの世界に戻っていられる時間は二十四時間だけ。働いている時は長く感じるはずの一日だけれど、今日だけはとても短く感じるに違いなかった。

——今はただ、修三さんに会いたい。

その気持ちだけで、既に胸がいっぱいだった。といっても今、修三さんがどこにいるのかを知る由もない。お店に最後に来てくれたのも随分前だ。相手の家の住所も知らなかった。だとしたら、修三さんのことを捜しだすためには……。

その場所から歩き出して見つけたのは公衆電話だった。ここなら電話ボックスの中に、近所の人の名前と住所、電話番号が掲載されたハローページがある。それを頼りにしようと思ったのだ。

「ひぐるま……」

分厚い冊子の中から、日車修三の名前を探す。登録していれば電話番号も載っているはずだ。あれだけ店に来てくれていたのだから、近くに住んでいたはずだろう。このハローページに載っている可能性は高かった。

「しゅうぞう……」

名前をつぶやきながら、ページをめくる。祈るような気分だった。ここに載っていなければ、もうどうすることもできなくなってしまうのだ。お願い、載っていて……。

「あっ……」

あった。日車修三の名前があった。珍しい名前だから、人違いではないだろう。そこに電話番号も書かれている。急いで受話器を手に取る。でももう一度、さっきのため息のように、深く息を吐いた。心を落ち着かせなければいけない。そして、もう一度祈らなければいけない。修三さんが今も健在で、電話に出てくれることを……。

「お願い……」

ダイヤルボタンを押してからも、祈り続けていた。緑の受話器がなんだかやけに重く感じられる。それから呼び出しの音が途切れて、受話器の向こう側から、相手の声が聞こえた――。

「もしもし……」

どこかくぐもったような声だった。でもはっきりとわかったのは、修三さんの声ではないということだ。明らかに若い人の声。この人は、修三さんの息子さんだろうか。それとも……。

「あの、日車さんのお宅でしょうか？」

「……はい、そうですけど」

まだ警戒心のあるような声だった。ここは早めに私も名乗らなければいけない。

「私は、喫茶オレンジという店の店主の桜野文子と申しますが、何度も日車修三さんにはお店に来ていただいていて……」

私の言葉を聞いて、相手は「はぁ」と困惑したような返事をした。今度は早く電話をした目的を告げなければいけない。

「あの、日車修三さんは今いらっしゃいますでしょうか？　どうしてもお話ししたいことがあって……」

私の言葉のあとに、少しの間があった。それから相手が答える。

「じいちゃんは……、日車修三は、もう数年前に亡くなりました」

その言葉は、とても小さく聞こえた。

実際相手の声が小さくなったのもあったけれど、私の耳が聞くのを拒んでいるかのようだった。その言葉だけは、どうしても聞きたくなかったのだ。

――修三さんは、亡くなっていた。

可能性の一つとして考えてはいたけれど、実際に聞くとどうしようもない気持ちに苛《さいな》まれる。もう修三さんに会うことはできないのだ。私の最後の恋の人は、もうこの世界からいなくなってしまっていた。私が現世に戻ってきた意味も、なくなってしまった……。

「そうですか……。それは……、ご愁傷様です……」

かろうじて定型文の言葉を絞り出すことができた自分を褒めてあげたい。精一杯だった。それほどにショックな出来事だったのだ。

「……」

そして後悔していた。なんで私は、生前に修三さんの最期を知ることができなかったのだろう。お店に来なくなってすぐにも、こうやって電話をかけるべきだったんだ。お互いに死んでしまってから後悔するなんて、あまりにも遅すぎるけれど……。

「ありがとうございました。突然お電話をしてすみませんでした。失礼します……」

お礼を言って、電話を切った。さっきよりも受話器がずしんと重く感じられる。ダンベルを持ち上げるようにして、元の位置に受話器をかけた。それくらいに今は体に力が入らなかった。本当に大事なものを失ってしまった気分だったのだ……。

「……」

このまま電話ボックスの中にいたい。今は誰とも顔を合わせたくなかった。ここにいれば不意に込み上げて来た涙も誰にも見られないはずだから。

「あっ……」

だけど、そううまくはいかなかった。既にもう後ろに人が並んでいた。

「すみません……」

待たせてしまったことを詫びて、電話ボックスの中から足早に出る。涙を拭う間もなく、小さな舌打ちを背に、広い世界にまた一人放り込まれてしまった。

私はこれからどうやって新たな一歩を踏み出せばいいのだろう。

今はまったく見当がつかなかった。

○

現世へと戻ってきた最大の目的を失ってしまった今は、知っている道を歩いているのに迷子になった気分だった。

そんな気分に拍車をかけているのは、随分周りの景色が変わったせいもある。この辺りに来るのは久々だ。駅前には大きな商業施設が建ち並び、周りの若い子は歩きながら機械を使って喋《しゃべ》ったりしている。ポケベルというのが流行ったと思ったら、今はＰＨＳとか携帯電話と呼ばれるものを使っている人たちもいるらしい。

「……」

ファッションも派手になった。私から見ると恥ずかしくなるくらいのへそ出しルックというのが流行っている。でも、思えば私が若かった二、三十年前にもへそ出しルックが流行っていたのだ。流行というものは巡り巡ってまた戻ってくるものなのだ。ということは、また二、三十年後にもへそ出しのファッションが流行ったりするのだろうか。今はそんなことになるとは信じられないけれど。

「どうしよう……」

街の中を行き交う人を眺めながら、思わず独りごちてしまった。みんな行き先があるのに私だけが決まっていない。あれだけ短いと思っていた二十四時間を、今はとても長く感じた。私はもうこの世界では死んでいる。だとしたら、私の行く当てがないのは当たり前のことなのだろうか……。

「あっ」

そんな時、他でもない私だけの場所を思い出した。ヒントになったのは、道行く人が歩きながら飲んでいた缶コーヒーだった。

「オレンジ……」

私が生涯のほとんどを過ごした店、喫茶オレンジ。あそこは紛れもなく、私の一番の居場所だった。それは主を失った今も同じはずで――。

「よいしょ……」

どうせどこへ行ってても一人になってしまうのなら、最後は慣れ親しんだ場所で自分だけの時間を過ごしたいと思った。

あの場所には、いくつもの素敵な思い出が眠っている。

そう、修三さんとの数少ない思い出だってあるのだ。

その思い出に浸りながら最後の時間を過ごすのは、そんなに悪くないことだと思った。

私の足は自然と、喫茶オレンジの方へと向いていた。

——そしてほどなくお店にたどり着く。中には、勝手口から入ることにした。知り合いに会うことはないだろうけれど、表には閉店のお知らせが貼られたままのはずだし、念のためそうしたのだ。私がこの店の中にいるのを誰かに知られるのは、ルールを抜きにしても良くないと思った。

秘密の鍵の隠し場所は、秘密のまま置いてあったので、勝手口から難なく入ることができた。久々にお店に戻ってきて湧き上がった感情は、途方もないくらいの懐かしさだった。

「あぁ……」

そんなに月日が経っているわけではない。それなのに人生の大半をこの場所で過ごしてきたこともあって、どうしても懐かしく思えてしまった。

なぜすぐにこの場所を思い出せなかったのか不思議だ。でも、それほどまでに修三さんの死が、私に大きなショックを与えていたのかもしれない。正常な判断をするのにも時間がかかったのだ。

「よいしょ」

すっかりこの言葉が口癖になっているのを自覚する。コーヒーを淹れるための器具を取り出そうとしたのだ。ロートにフラスコ、アルコールランプに濾過器《ろかき》とフィルター。水とコーヒーの粉は買ってきた。これで準備は完了だ。

フラスコに注いだ水を下からアルコールランプで熱して沸騰させる。それからロートに、フィルターをつけた濾過器を取りつけ、コーヒー粉を入れてフラスコにセットする。すると不思議なことに熱湯が上のロートに上がってくるので、コーヒーの粉に浸透するように竹べラを使って撹拌《かくはん》する。それから一分ほど経ったところで火を止めると、コーヒーがフラスコに落ちていく。

「ふぅ……」

これぞサイフォン式のコーヒーの淹れ方だ。手間はかかるし、後始末も大変だけど、このやり方でコーヒーを淹れるのにこだわっていた。お客さんが喜んでくれるなら、それでよかったのだ。子供たちだけではなく大人も、お湯が立ち上っていくさまを楽しそうに眺めていたのを覚えている。他でもない修三さんもそうだった。サイフォン式のコーヒーが出来上がっていくさまをじっと眺めるのが好きだったみたいだ。そうやってコーヒーが出来上がるのを待っているのは、至福の時間の一つでもあったと思う。

「……美味《おい》しい」

　コーヒーの味は簡単に変わってしまう。豆の種類はもちろんのこと、お湯の温度や、焙煎《ばいせん》、挽《ひ》き方、抽出の仕方によっても変わる。それからその時の飲む側の気分や状況でも、大きく変わることは間違いないだろう。自分一人で飲むコーヒーは味に集中して堪能することができるし、誰かと一緒に飲むコーヒーは、いつもより美味しく感じることもあるかもしれない。喫茶店はそのための場所でもあるのだ。

　ここはコーヒーが美味しく感じられる場所、そして私のお気に入りの場所だった。

　私はずっとこの店に立って仕事をしていた。結婚は最後までしなかった。周りと比べると少数派だったと思う。お見合いの場に行くことすらも、当時はそんなに興味が持てなかった。

　だからこそさよならの向う側で、最後に誰かに会えると言われて、家族のことは思い浮かばなかった。この年齢だから両親はもちろん既に亡くなっていたし、姉と妹には自分の死を知らない人というルールに抵触するから会いに行くこともできなかった。それにもともと姉妹の関係もそんなに良いわけではないし、どちらかというと家族の結びつき自体さほど強くなかった。だからこそ元来、家庭への憧れが少なかったのかもしれない。

　それでも確信を持って言えることは、家族がいなくても、私はこの店で過ごすことができて、寂しさなんて何一つ感じなかったということだ。

「ふふっ……」

あの頃を思い出すだけで、自然と笑顔になってしまう。本当にたくさんの人がやってきた。そしてここでたくさんの時間を過ごしたのだ。近くにチェーン店のカフェやファミレスができてからは人足《ひとあし》は少なくなったけど、最盛期の頃は多くの人で賑わっていた。

カップルで来る男女がいた。友達同士で来る学生がいた。ゲームの『スペースインベーダー』に興じる人がいた。漫画雑誌を片っ端から読む人がいた。会社の営業の途中でサボっている人がいた。ラジオからZARDの曲が流れてくると、思わず合わせて口ずさんでしまう人がいた。苦々しい顔をしてずっとタバコを吸っている人がいた……。

「あぁ……」

その時思い出したのは、修三さんとの間に起こったとある出来事だった。ヘビースモーカーで、他の女性のお客さんや私にもやたらと絡んでくる柄の悪いお客さんがいたのだ。私の苦手なタイプだった。女性一人でやっている店は、こういう時に心細くなりがちだ。でもそんな時に助けてくれたのが修三さんだった。修三さんが間に入ってくれたおかげで相手が怯《ひる》んで、今後店に来ないように追い払ってくれたのだ。

思えばあの瞬間に、私は恋に落ちたのかもしれない。ドラマにもよくあるようなステレオタイプなシーンかもしれないけれど、そんな出来事で、この歳でも恋に落ちるものなのだ、と改めて思い知らされた。

初恋ではない。最後の恋――。

——私にとって、本当に特別な感情だった。

「あら……」

そんな時に、カランカランッとドアベルの音を立てて、店の中へある人がやってきた。突然の来訪にもかかわらず、ルールに触れることはないかと、全く心配をしなかったのは、その相手が案内人さんだったからだ。

「どうも、こんにちは。ちょっと久々にブラックの美味しいコーヒーを飲みたくなってしまいましてね。一杯よろしいですか？」

案内人さんは、純粋にお客さんとしてやってきたようだ。私も昔に戻れた気がして、快くその言葉に答える。

「ええ、もちろんどうぞ。お好きな席におかけください。今美味しいコーヒーをご用意します」

すると案内人さんは、「ありがとうございます」と言ってお辞儀をしてから、カウンター席に腰をかける。私は急いでさっきと同じサイフォン式で淹れる準備を始めた。アルコールランプに火をつけて、水を沸騰させる。その様子を案内人さんも、まじまじと見つめていた。

「実を言うと、サイフォン式のコーヒーを飲むのは初めてなんですよ」

「そうなんですか。そんな記念の一杯をお届けすることができて光栄です」

熱湯がロート側に上がっていく段階になると、ますます案内人さんは集中して見つめていた。それからまたコーヒーとなってフラスコに落ちていく頃になると、椅子の背もたれにそっとよりかかる。そして私が淹れたてのコーヒーを提供すると、背筋《せすじ》をすっと伸ばした。

「はい、こちら、当店自慢のサイフォン式で淹れたブレンドコーヒーです」

「ありがとうございます」

案内人さんは、そのままカップを手に持って、ゆっくりと口に運んだ。見ているだけでも、ちゃんと味わっているのがわかった。コーヒーを楽しんでいる。そしてこの時間を味わっているという感じだ。

「……とても美味しいですね。最近は甘いコーヒーばかり飲まされていましたから」

「甘いコーヒーばかり飲まされていた？」

よくわからない物言いに、逆に興味が湧いていた。

「ええ、別にそれも美味しいので悪いことではないんですけどね。限度というものがありますよ。しかしその人には、限度というものがないみたいで、いつでもごくごく飲んでいるんです。私はこういうブラックのコーヒーの方が好みなもので」

「そうなんですね。でも甘いコーヒーもいいですよね。砂糖を入れたりミルクを入れたり、その人が美味しく飲んでくれればなんでもいいと思います」

「こだわりの強すぎる喫茶店よりは、そのほうがいいかもしれませんね。この居心地のよさに繋がっていそうです。お店の雰囲気もとても素敵ですよね」

そう言って、案内人さんがぐるっと店内を見回した。確かに落ち着ける空間を意識して作ったつもりだ。私の居場所だけど、他の誰かの居場所にもなって欲しかった。

だからこそ、案内人さんがそう言ってくれたのがとても嬉しかった。

「ありがとうございます。喫茶店は食事や飲み物だけではなくて、場所を提供するものだと思っていますから」

「なるほど、その思いがちゃんと表れています。場所と、そして人に……」

それは店主の私のことを言ってくれたのではないだろうか。でも大事なのは、ここに来てくれるお客さんの存在だ。誰も集まらなければ、そこは誰かの居場所にはならなくなってしまう。

「ただ、残念なのは、このお店がなくなってしまうということですよね。誰か引き継いでくれればよかったのかもしれませんが……」

「それは確かに難しいことなんですよね……」

自営業で店をやっている人たちが、どうしてもぶつかる問題でもあると思う。その後継者問題こそ家族がいればよかったのかもしれない。いや、そんな近しい存在でなくても、友人やそれこそよく訪れる常連さんにも話をしてみればよかったのかもしれないけれど……。

「確かに難しいものですよね。時間が経つうちに色んな物事が変わりますし、人も変わりますから」

「……そうですね、その通りかもしれません」

この店を通しても、いくつもの変化を見てきた。社会も環境も、人も大きく変わった。変わらないものなどないのだと否応なく思い知らされる。

そして喫茶オレンジは、その変化についていけなくなってしまったからこそ、閉店を迎えたのかもしれなかった。

「美味しいコーヒーをありがとうございました。できることなら、この味が未来にも続くことを願います」

そう言ってから案内人さんは、席を立って店の表から出て行った。人差し指と中指の二本を揃えて立ててからさっと去っていく姿は、どこかの俳優のようで、とても美しい所作に思えた。

しかし不思議だったのは、案内人さんが店を離れる前に、一度立ち止まってから何かをじっと見つめていたことだ。そのあたりには、閉店のお知らせの紙くらいしか貼られていない。そんなにお知らせがもの珍しかったのだろうか。さよならの向う側には、きっと閉店するお店なんてないだろうから。それとも他の天国には、喫茶店もあったりするのだろうか。

「ふぅ……」

そしてまた一人になった。このタイミングで一人になると、最後に言われた後継ぎの問題をどうしても考えてしまう。この場所を残したいという思いはあった。私がこの世界に残した場所が未来にも引き継がれるなんて、こんなに嬉しいことは他になかったからだ。でも今となっては、もう手遅れだ。時間も人も、足りていないものばかりだった……。

——カランカランッ。

そんなことを考えていると、再び店のドアベルが鳴った。案内人さんが忘れ物か何かを取りにやってきたのかと思ったけれど違った。

「えっと……」

そこには見慣れない男の人が立っている。たぶん三十歳前後くらいの男性だ。あたりをキョロキョロと見回している。挙動が少しだけ不審だ。まるで入ってくるところを間違えたかのようだった。

「……どうされましたか？」

「……あの、ここって、今日やってるんですか？」

ちゃんと喫茶店ということは認識していたみたいだ。

「えっと……」

どう答えようか迷った。実際はやっていない。閉店のお知らせも未だ貼られているはずだ。だから相手も確認したのだろう。でも、私はさっきまで案内人さんに接客をしていた。そしてこの人は、案内人さんが店から出ていく姿を見ていたのかもしれない。そしたら、ここで帰してしまうのは相手からしても納得がいかないはずだった。

「今日だけ特別にやっていますよ。でも今はコーヒーだけしか出せませんがよろしいですか？」

「あっ、はい。じゃあホットコーヒーで」

「かしこまりました、お好きなお席でお待ちください」

そう伝えると、男性はあたりを見回した後、窓際の席に座った。私はまたさっきと同じくサイフォン式でコーヒーを淹れる準備をする。今日はもうこれで三度目だ。他にお客さんもいないので、ほとんど待たせることもなくコーヒーを淹れることができた。

「どうぞ、ホットのブレンドコーヒーです」

「……ありがとうございます」

「ごゆっくりどうぞ」

なんだか少し楽しくなっている自分がいた。やっぱり接客をするのは楽しいものなのだ。普段は話すことがないような人とも気軽に話すことができるし、目の前で相手の喜ぶ顔を見ることもできる。

そしてこの人が、間違いなく私にとっての最後のお客さんだ。できるだけ良い接客を心がけよう。でも心地よく時間を過ごしてほしいから、むやみやたらに話しかけるのもやめようと思った。相手によって対応は様々にするべきなのだ。話すのが好きそうな人なら、こちらからも話しかけるし、一人で過ごすのが好きそうな人なら、あまり声をかけないようにする。

そのなんとなくの線引きが、長い店主生活の中でわかっていた。今きた男性はきっと一人で過ごす方が好きなはずだ。でも何か話しかけられたら快く答えようと思っている。

それから男性がコーヒーを飲み終えるまで、静寂の時間が続いた。予想は当たっていたみたいだけれど、こんな時間が喫茶店にとっては大事だと思う。百円ちょっとで缶コーヒーが買える時代に、わざわざ喫茶店に来るということは、そういう時間を過ごすのが目的でもあるはずなのだ。

そして男性は私が一度目を離した間に、場所を少し移動して、スペースインベーダーができる席にいた。しかし、もう故障していてできないのがわかると、また元の席に戻っていく。それにしてもまるでそこにインベーダーゲームがあるのを知っているかのような動きだった。

「……」

もしかして、この男性は何度か喫茶オレンジに来てくれた人だろうか。顔の覚えは良い方のはずだけど、思い出すことができないのはなぜだろうか。

もしくはだいぶ前に来て、久々に来店したのだろうか。それだったら思い出せないのも無理はない。一日に何十人もの人が訪れていた。全ての人をずっと覚え続けているわけではない。それでもこの状況で思い出すことができないなんて、申し訳ない気持ちが湧いてくるけれど……。

それから男性は、今度は漫画や雑誌の置いてある棚のところへと移った。本棚を眺める姿は、どこか懐かしげにも感じられた。そして順々に上から眺めていって、結局、手に取ったのは、少女漫画雑誌、『マーガレット』だった——。

「あっ……」

その瞬間、私の頭の中にある光景が蘇った。男の子なのに、少女漫画雑誌を見ていた少年のことを覚えていたのだ。女の子が少年漫画を読んでいることはよくあっても、逆のパターンはそんなに多くはなかったのだ。

そう、この男性は——。

「修三さんの……」

修三さんのお孫さんだった——。

想像を超えた変化に全然気づけなかった。まだあどけない表情をしていたはずの少年が、今は立派な大人の顔になっている。

そして、私の発した言葉に、相手も気づいたようだった。

私の方を向いて、ぺこりと頭を下げる。

「……さっきは電話、色々うまく話せなくて、すみませんでした。急にかかってきたし、電話ってあんまり得意じゃなくて……」

「い、いえそんな、出てくれただけでも、とてもありがたいことで……」

まだ気が動転している。修三さんのお孫さんが来るなんて想像もしていなかった。なんでこんなところまで来てくれたのだろう……。まだ目の前の状況を受け入れられていない。

「あの、なんで今日はこちらに……」

思いきって言葉を向けると、相手はすぐに答えてくれた。

「さっきの電話で、喫茶オレンジのことを思い出したんです。それでふともう一度行きたくなって……。じいちゃんも、この店好きだったから……」

じいちゃんとは、修三さんのことを指している。そんな会話の中で、ふと出てきた言葉を拾って、嬉しくなっている自分がいる。

「えっとその……」

言葉を続けようとしたけど、これ以上踏み入るのは勇気がいった。でも修三さんのことをもっと知りたいと思っている自分がいる。そう思っただけで、続きの言葉は自然と出てきていた。

「もっと修三さんの話を聞かせてくれませんか……？　私は修三さんとそんなに多くの話をしたわけではないんです。だから今更かもしれないけど、もっと知りたくて……」

生きている間には決して言えなかった言葉だ。これが最後だと思えば言えてしまうから不思議なものだ。でもこんなわがままなおばあさんの言葉に、お孫さんは、こくりと頷いてから答えてくれた。

「……じいちゃんがこのお店へ来たのは、最初は本当になんとなくだったみたいなんです。美味しいコーヒーが安く飲めて、色んな漫画や雑誌が読めるし時間も潰せるからって。それで何回か来るようになって、でもそのうちに店主さんとも少し話すようになって、行きつけの喫茶店ができたことがじいちゃんは嬉しかったみたいでした」

お孫さんは、どこか懐かしそうな顔をしたまま言葉を続ける。

「じいちゃんは、俺が生まれてすぐくらいの頃にばあちゃんを亡くしちゃっていたんで、色々寂しい時も多かったはずなんです。それがここに来るようになって、笑顔になることが前よりも増えて、俺が小さい頃は一緒に連れてきてくれて……。本当に良い思い出です……」

「そうだったんですね……」

今、彼が話してくれたことは、私にとっても嬉しいことであり、良い思い出となっていることだった。修三さんもそんな風に思ってくれていたなんて知らなかった。勇気を出して質問をして良かった。これだけで十分報われた気持ちになってしまう。でもその後に彼の口から続いた言葉は、全く想像していなかったものだった——。

「……じいちゃんが通うお店なんて他に全然なかったんですよ、そんなよく出歩くタイプの人ではないので。……だからじいちゃんは言い出せなかったんだろうけど、もしかしたら店主さんのことが好きなんじゃないかなあ、って子供ながらに思ってました」

「えっ……」

思わず、声が漏れてしまった。だってそんな言葉が出てくるなんて思っていなかった。

修三さんが私のことを好き？

そんなこと、あるはずが……。

「……じょ、冗談はやめてください。年寄りをからかっては困りますよ」

「冗談なんかではないです。孫の自分が、そばで見ていて本当に思ったんですから。……それにそう思ったのは、ちゃんとした理由があるんです」

「ちゃんとした理由……」

彼は何か、確証を持っているようだった。そんなことを言われると、どうしてもその先の言葉が気になってしまう。浅はかだけれど期待してしまっている自分がいる。修三さんが、私のことを好きでいてくれた、ちゃんとした理由を——。

「……じいちゃんが、喫茶オレンジの改装記念にお祝いの花を渡したことは覚えていますか？」

「ええ、それはもちろん……」

「……それはマーガレットの花束でしたよね」

その言葉に私はこくりと頷く。案内人さんにも話したことだった。確かにあんな素敵な花をもらえるなんて思っていなかった。でもそれはただのお客さんとしてのお祝いだと思っていた。それに好きという気持ちを伝えるのなら、バラの花束の方が定番なはずで……。

でもそこで彼は自信に満ちた表情で、ある質問をした。

「マーガレットの花言葉を知っていますか?」

「マーガレットの花言葉……」

知らない。それまでにマーガレットの花なんて贈ったことがなかったからだ。

だからその花言葉を気に留めたことはなかった。

そして彼が、マーガレットの花に込められた特別な意味を、私に教えてくれた——。


「——マーガレットの花言葉は、『秘めた愛』なんですよ」


「えっ……」

その言葉を聞いた瞬間、思わず再び声が漏れた。今度は感情が音になって胸の中から溢れ出たようだった。だってそんな花言葉が、マーガレットに込められているなんて知らなかった。そしてその言葉は、当時の私たちの関係を表すのに、これ以上ないくらいぴたりと当てはまるものだった——。

「……じいちゃんにとっては、最後まで伝えることのできない想いだったと思います。それに伝えられなくてもよかったのかもしれません。……きっとこの場所で時間を過ごしているだけで幸せだったから」

「そんな……」

私が心の中で、ずっと思っていたことだった。

私もそうだったのだ。

喫茶オレンジの中でゆったりとした時間を一緒に過ごせるだけで幸せだった。

それだけでよかった。

修三さんも同じように思ってくれていたのだ。

私たちはずっと一緒の想いだった。

こんな形こそ、まさに最後の恋と呼ぶのにふさわしいものなのかもしれない――。

「……ありがとうございます」

数年がかりでも、亡くなった後でも、過去の想いと言葉を届けてくれたことが嬉しかった。

今は思い残すこともなく、報われたような気分に包まれている。私にとっての最後の再会はこのためにあったんだと心の底から思えた。

「……でも、色んなことをご存じなんですね。私はそんなマーガレットの花言葉なんて知りませんでした」

「そんなことないです、これのおかげですから」

彼はさっきまで読んでいた雑誌を手に持って、小さく笑って言った。その手にあったのは、少女漫画雑誌のマーガレットだった。

「母さんが、マーガレットの中の『ベルサイユのばら』が好きで、本も買ってたんです。それを読んだら、俺もハマっちゃって、それでマーガレットの花言葉をなんとなくインターネットで調べたんですよ」

「インターネット……。私はそういうのよくわからないけれど……、ゲームみたいなものですか？」

「ゲームとは全然違いますよ。まあ、結局ここに来ることになったのは、元はと言えばゲームのせいなんですけどね」

「えっ？」

言っていることがよくわからなかったけれど、彼は明るく笑って言葉を続けた。

「ゲームに負けたから、ちゃんと電話に出るようになって、扉を開けて外に出るようになったんです。まあ、もっと生き続けるのには、ちゃんとした仕事に就きたいところですけどね」

彼はほんの少しだけ恥ずかしそうにそう言ってもう一度笑った。わざわざ生き続けたいなんて言葉を使うのは不思議だったけれど、この場所に来て修三さんの過去の想いを伝えてくれたことは本当にありがたいことだった。

「……今日は喫茶オレンジに来てくれて、本当にありがとう」

私が感謝の気持ちを伝えると、彼は、小さく首を横に振ってこう言った。

「……ありがとうって言葉を伝えたいのは、この店に来ていた人たちの方だと思いますよ」

「えっ？」

私にはその言葉の意味がよくわからない。なんで彼がこのタイミングで、そんな言葉を言うのかがわからなかった。すると、その言葉の種明かしをするように、彼は店の表に入り口を差し向けた。

「表の貼り紙をぜひ見てください。たぶんまだ目にしていないみたいですから」

その通りだった。私は今日、勝手口から入った。それにそもそも表の貼り紙なんて、閉店のお知らせが書かれているだけのはずだ。そんなのを見に行っても、何も変わりはない。しかし、店の外の貼り紙を見て、私は思わず顔を覆った――。


――大好きなお店だった。ありがとう！

――長年、本当にお疲れ様でした。

――文子さんの淹れてくれたコーヒー本当に美味しかったです。

――閉店寂しい。お店が引き継がれて続いてくれたらいいのにな。

――サイフォン式のコーヒー最高！

――オレンジで過ごす時間がとても幸せでした。ありがとうございます。

――喫茶オレンジよ、永遠に！

閉店のお知らせの貼り紙の余白には、この店を訪れたお客さんの言葉が、びっしりと書き連ねられていたのだ――。

「こんな……」

こんなにも、喫茶オレンジは愛されていたんだ。

こんなにも、私の身に幸せなことが起こっていいのだろうか。

やっぱりここは私の居場所だった。ここが私の思い出だった。喫茶オレンジが私の人生だった。

この場所で生涯を過ごしたことに、何の悔いもない。

また生まれ変わっても私は何の躊躇《ためら》いもなく、喫茶店の店主となるだろう。

こうやって生きてきてよかった。

私はずっと、誰かと一緒にこの場所で幸せな時間を過ごしてきたのだから――。

私はこの上なく愛おしいものに触れるように、その貼り紙を手に取った。

なんの思い残しもないとさっきは思ったけれど、今だけは、最後の願いをかけたい。

どうか、こんな誰かの居場所がこの先も残り続けますように。

ここが誰かの思い出を作る、幸せな場所でありますように――。

◆

――さよならの向う側に、文子が戻ってきた。その表情は、最初にこの場所に来た時とは、比べものにならないくらい晴れやかなものに変わっていた。

「あの後も、たくさんお話をしたようですね」

「……ええ、そうなんです。聡君、あっ、修三さんのお孫さんだけど、彼とはずいぶん話し込んでしまいました。中学生の頃の話とかも聞いてね。名字が日車だから、さっとんかーなんてあだ名で呼ばれてた、なんてことまで聞いちゃったわ。でも彼もこの数年がかなり人生の分岐点だったみたいで、今後の仕事のこととかでも、ちょっとアドバイスというか、提案をしてみました」

「文子さんのアドバイスなら、とても頼りになりそうですね。彼も良い出会いに恵まれました」

「そうは言っても、今日彼が来てくれなかったら、今回の出来事自体そもそもありませんでしたから」

「何がきっかけになって、どこで繋がっているか、わからないものですよね……」

そう言って案内人はどこか遠い目をした。その言葉の真意は文子にはよくわからなかったけれど、そんなに気になることではなかった。

「……彼、これから上手くやっていけるかしら？」

その言葉に、案内人は曖昧に頷く。

「どうでしょう、未来のことはどうなるのか誰にもわかりません。私たちにできることは想いを託して願うことくらいです」

「それもそうですよね。これからの未来は、若人《わこうど》たちに任せましょう」

「ええ。ですが、このあと少し先までの案内については私に任せてください」

そこで案内人は空に向けて、指をパチンッと鳴らした。すると文子の目の前に、真っ白な扉が浮かび上がった。

「これから文子さんはこちらの最後の扉をくぐり、生まれ変わりを迎えます。縁があれば、きっとまた今の世界で会った人たちに会うこともできるかもしれません。といっても、私が案内できるのはここまでですが……」

そう言って、案内人が真っ白な扉に手を差し向ける。

「たくさんの人と出会った人生だったから、また来世でも色んな人と出会える人生だといいな。今度はどんな喫茶店を開こうかしら」

文子はそうつぶやきながら、扉の前まで歩いた後で、案内人に向かって言った。

「……私は最後の恋の人には会えなかったけれど、その想いを伝えてくれたお孫さんに会うことはできました。とても良い最後の再会だったと思います。ちなみに、こういうのってやっぱり、自分の死を知る人には会ってはいけないというあのルールも加味すると、普通の人は初恋の人に会いに行くことが定番だったりするものですか？」

「いえ、そんなこともありませんよ。やはり最後に会っていた誰かにもう一度会いたいというのは強くある感情だと思います。最後まで、一番近い距離でそばにいてくれたわけですから」

その言葉を聞いてから、文子は案内人にある質問をした。

「……じゃあ案内人さん、あなたの最後の恋の人は誰ですか？」

「私の最後の恋の人……」

その言葉に、案内人はうまく答えられなかった。頭の中では思い浮かんでいても、その名前を口にすることができなかった。案内人はまだ、その気持ちを胸の中で消化することができていたわけではなかったから——。

「……無理はしなくて大丈夫です。困らせるつもりはなかったので。じゃあ代わりに違うことを教えてもらおうかな。あなたにはとてもお世話になりましたし、最後に名前を呼んでお別れしたいんです。だから案内人さんの名前を教えてください」

その言葉に案内人は、こくりと頷いてから答えた。

「わかりました。私の名前は――佐久間《さくま》です」

「そうなんですね、わかりました」

そう言って微笑んでから、文子は扉を開いて最後に言った。

「ありがとう、佐久間さん。あなたも最後に大切な誰かともう一度会えますように――」

第四話

First Love

一九九九年、世紀末――。

今年、世界が終わりを告げると思っている人は、どれくらいいるだろう。

テレビや新聞のニュース、出版された本の中でも散々ノストラダムスの予言のことが取り上げられていた。一九九九年、七の月に空から恐怖の大王が降ってきて人類が滅亡するというものだ。

私の周りでも真剣に信じている人はそれなりにいたし、ニュースのインタビューでも、人類がもうすぐ滅亡するから全財産使ってしまったという人もいた。小学生たちは、今年の夏休みの宿題はやる必要がない、なんて言い合っているらしい。

しかし考えてみると、その人たちは人類の滅亡を受け入れているということだろうか。というか、心のどこかで世界の終わりを望んでいるのかもしれない。もしかしたら私も、その一人なのかもしれないけれど――。

「ホットのレモンティー、お待たせしました」

店員さんが飲み物を運んできた。レモン果汁ではなくて、ちゃんとレモンの輪切りが付いているもので安心した。しかも三つ。予想を超えた嬉しいサービスに、頭の中を占めていた考え事が霧散した気がする。

「ふぅ……」

一口飲むと、より一層リラックスした気分になれた。なんで世界の終わりのことなんて、考えてしまっていたんだろう。でもそれも、マリッジブルーのせいかもしれなかった。

私には結婚を決めた相手がいる。そして明日、その婚約者の親の家に挨拶しに行くことになっていた。とても大事な日だ。でもこんな日が自分の身に巡って来るなんて思っていなかった。自分のことのはずなのに、今でも浮遊感のようなふわふわとした気持ちが付き纏って仕方ない。

「お待たせしました。ホットのブレンドコーヒーです」

隣の席の客に運ばれたコーヒーに思わず目がいく。今は夜の九時。この時間にコーヒーを飲んで眠れなくなったりしないのだろうか。それともこれから仕事をするために、目を覚ましていたりするのだろうか。もしくは……。

「……」

カウンターの先に視線を送る。そこにはサイフォン式でコーヒーを淹れるための器具が揃っていた。あのもの珍しさに惹《ひ》かれて、こんな時間にもかかわらず、コーヒーを頼んだのだろうか。

私だって正直言って、コーヒーを頼みたかった。でもこの時間だからやめたのだ。今日眠れなくなったら困る。明日は朝も早い。でもまだ眠れそうにないから、たまたま見つけたこの喫茶店に入ったのだ。

「ふぅ……」

居心地の良い喫茶店だ。落ち着いた雰囲気がある純喫茶という感じ。今はチェーン店のカフェやファミレスが乱立しているけど、こういう店には頑張ってほしいと思う。応援したくなるような店だった。

店主の男性の物静かな雰囲気も好ましい。年齢は、私より二、三歳上の三十代半ばくらいだろうか。カウンターに置いてあるゲーム週刊誌の『ファミ通』は、さっきまでこの店主が読んでいたものだった。ゲーム好きなのかもしれない。本棚はやたらと漫画の品揃えがよく、少年漫画だけではなく、『マーガレット』や『ベルサイユのばら』、それにコーヒーの正しい淹れ方、なんて本まで置かれていた。

店主に視線を送ると、たまたま目が合った。でもすぐに視線を逸らしてしまう。もしも私が常連の客だったら、今のタイミングで「ねえ、店主さんは今年の七月に本当に人類が滅亡すると思う?」なんて話しかけたりしたのだろう。いや、おかしいかな。そういう会話は、喫茶店には不釣り合いかもしれない。どちらかというと、お酒のあるバーの方が似合う気がする。喫茶店なら、「映画の『アルマゲドン』は観た?」「ブルース・ウィリスが、今度はアメリカではなく、地球を救ったね」なんて会話がぴったりのはずだ。

あれは良い映画だった。地球に接近する小惑星の軌道を核爆発でずらして、地球を救おうとする物語。まさにアメリカって感じの映画だけど、あれもちろん、ノストラダムスの人類滅亡の予言のタイミングに合わせて作られたのだろう。空から降ってくる恐怖の大王は、隕石が一番有力視されていたから、地球が滅亡するには、うってつけの災害だったのだ。

「ふぅ……」

一つ息を吐く。また世界の終わりを考えてしまっている。

明日が婚約者の実家への挨拶の日だというのに、こんなにも頭の中の考えがまとまらないのには、理由があった。

それはわかっている。

このことに関しては、ノストラダムスは関係ない。

関係しているのは、八年前に亡くなった元恋人の和人《かずと》の存在だった――。

○

和人が亡くなったのは、本当に突然のことだった。仕事の都合で出かけた旅先で交通事故に遭い、そのまま亡くなってしまったのだ。私が最後に交わした言葉が何だったのかすら思い出せない。それくらいに、彼は日常の中で不意に姿を消した。

あまりにも突然人が亡くなった時のことを、時間が止まってしまったかのようだ、とか表現することが多いけれど、私はそんな風に思うことは一切なかった。

ずっと時間は進み続けていたのだ。彼を置いたまま、過ぎ去っていく時間が残酷に思えるくらいの速いスピードで——。


和人との出会いは、デパートの屋上だった。といっても、子供たちも遊んでいた屋上遊園地で一緒に遊んでいるうちに仲良くなったとか、そういうわけではない。和人は、イベント会場で定期的に開催されるヒーローショーに出演していたのだ。

でも和人の役は、ヒーローではなく悪役だった。しかもステージ上に立つお姉さんを人質に取るようなちょっと卑怯《ひきょう》なタイプの悪役怪獣。和人自身は主役のヒーローになることを望んでいたけれど、その夢はなかなか叶わなかった。ヒーローショーの中でも正義のヒーロー役は一番の花形ポジションだった。

それでも和人は、役者としての道を一生懸命突き進んでいた。与えられた役に残されたほんの少しのチャンスでも活かそうと、最大限努力していたと思う。そんな姿をデパートの従業員として陰ながら見ていた私は、いつの間にか彼に惹かれていた。

当時、あのデパートの屋上で悪役怪獣を応援していたのは私一人だったと思う。悪役はどんなに頑張って相手を追い詰めても、予定調和で結局最後はやられてしまうのだ。時には一対五くらいで容赦なくやられる時だってある。そんな袋叩き、あまりヒーローっぽい姿ではないんじゃないの、って思うけど、悪役の勝利を望むような子なんて誰一人いないから仕方なかった。

公演の後に、私は和人にこっそり差し入れをするようになった。和人はポカリスエットとレモンのハチミツ漬けが好きで、私は着ぐるみを脱いで汗を拭う彼の姿が好きだった。

それからの進展は割と速かったと思う。話をするうちに、彼からデートに誘われた。「映画『ローマの休日』で、真実の口に手を入れて抜けなくなるのは、オードリー・ヘップバーンの緊張をほぐすための男優のアドリブだったらしいよ」なんてことを教えてくれたり、時々、役者がかったキザなエスコートをしてくれたりして、誕生日の時には『紗奈《さな》へ』なんてネームプレートの載ったケーキも用意してくれた。

そんな和人の一番の夢は、ヒーローショーでヒーロー役をやることではなく、テレビの特撮ものの主役を張ることだった。子供の頃からの憧れだったのだ。その話をする時は、本当にキラキラとした瞳をしていたと思う。私も陰ながらではなく、一番そばで、彼を応援するようになった。

彼の夢は、いつの日か、私の夢にもなっていたのだ。

結局、付き合いが始まってからも彼は悪役怪獣のままだったけれども、私はとても幸せだった。

彼の前で口に出すことはできないけれど、このままでもいいと思った。

裕福な暮らしをしていたわけでも、他人と比べて恵まれたような生活をしていたわけでもなかったけど、やっぱり幸せだったのだ。私にとってはもう、彼は既に私の人生におけるヒーローだったから――。

――でも、そんな時に悲劇は起こった。

こういうことは、本当に突然訪れるものだと知った。

和人が亡くなってしまったのだ。

緩やかな幸せは、激流に巻き込まれて跡形もなく消え去ることになる。突然の交通事故。

それは皮肉にも、穏やかな日常の中に起こった、彼と私が主人公の、ドラマチックな出来事だった。でも、こんなものは望んでいなかった。実生活の中で、こんな悲劇のヒーローとヒロインになんてなりたくなかった。むしろできることならこれはただのドラマで、作られた物語の出来事なんだって誰かに言って欲しかった。

しかし、目の前で起こっていることは紛れもない事実なんだと証明するように時間だけが進んでいく。一度も止まることなく、振り返ることもせず、修正もせず、まっすぐに進んでいく。

そんな感情と表情を持たない時間とは違って、私は和人のことを忘れて前を向いて進んでいくことなんてできなかった。

和人が亡くなってから、一、二年ほどは、本当にどうやって過ごしていたのかすら思い出せない。ふとした時に涙が出てくるような、楽しかったはずの思い出すらも悲しい出来事として思い出してしまうような、そんな苦しい時間だった。

仕事を何度か変えて、一般企業の事務として働くようになった。和人と別れて以来、恋なんて一切していなかったけれど、そこで出会ったのが、今の恋人の恵一《けいいち》だった。和人とは、正反対の性格の人だった。私の胸の中の苦しみを少しずつなくしてくれたのが、彼だった。

ち着く人だった。私の胸の中の苦しみを少しずつなくしてくれたのが、彼だった。

恵一から告白をされて一度は断ったけれど、また告白をしてくれて、それで付き合うことになった。付き合い始めたのは私が三十三歳、彼が三十四歳。お互いに結婚適齢期を過ぎていた感もあって、そこからのスピードは速かった。付き合ってから半年が過ぎて、相手の両親の家へ行って結婚の挨拶をしようとしている。そして明日が、その日だった――。

――それなのに私は、こんな時間に喫茶店の中で、八年前の恋の相手のことを思い出している。もちろん、今の恋人の恵一が好きではないとか、そういうことではない。昔のアルバムをめくるように、ただ、和人との過去を思い出しているだけだ。

でも、もうそんなことをせずに、前を向かなければいけないのだとわかっている。過去のことを忘れて、未来へと踏み出さなければいけないのだ。それはきっと、和人も望んでいることのはずだ。あれから八年もの歳月が過ぎて、私が結婚すると知ったら、きっと彼は祝福してくれるだろう。私は彼の幸せを心から望んでいて、彼も私の幸せを望んでくれていたはずだから。今想像の中でもそう思えるのは、それだけの時間が経ったからだ。そして、お互いの幸せを願える関係性が、私と和人の間にはあった。

だからきっとこれは、マリッジブルーのようなものなのだろう。きっと今色んなことを考えすぎて、頭の中がこんがらがってしまっている。過去のことと未来のことをいっぺんに考えて、そのせいで今のことが揺らいでしまっているだけのはずだった。

「こちら、特製チーズケーキです」

「えっ?」

突然、店主さんが目の前にやってきてびっくりした。あまりにも驚いてしまったのは、私はチーズケーキなんて頼んでいなかったからだ。

「あの、間違ってると思いますよ。私頼んでませんから……」

「いえ、こちらは他のお客様からです」

「他のお客様から……?」

「ええ、もうそのお客様は出ていかれてしまいましたが、あなたが何か落ち込んでいるような表情だったのを気にしてプレゼントされたようでした」

「えっ、プレゼント……」

「ぜひ召し上がってください、お代は既にいただいていますので」

「あ、ありがとうございます……」

突然のことに、まだ面食らっていた。いわゆるバーで知らない人が飲み物をおごってくれるやりとりの、ケーキのパターンだろうか。何にしても、こんなことがあるなんて信じられなかった。それにもう行ってしまったなんて、ただ本当に私にプレゼントをしてくれただけということになる。

店主さんをちらっと見る。一瞬目が合ったので、私の方から会釈をして、「いただきます」と言ってからフォークを手に取った。

もしかしたら、店主さんがご厚意でプレゼントしてくれたのだろうか。いや、そんなこともあるわけないか。それにしても私は、そんな差し入れをされるくらい辛気臭い顔をしていたのだろうか。反省……。

「美味しい……」

静かな店の中なので、小さくつぶやいたつもりだけど、その声は店主さんにも届いたようだ。

「ありがとうございます」

「いえ、本当にこちらこそありがとうございます」

もう一度お礼を言う。そして、もう一度、チーズケーキを頬張る。

控えめな甘さが広がって、私の心を覆っていたブルーな気分も、少しずつ晴れていくように感じた。

○

「なんでこうなるのよ……」

翌日になって、ブルーな気分がまた全身を覆っていた。駅に着いてからわかったことだが、電車が電気系統のトラブルでストップしていたのだ。復旧まで、だいぶ時間がかかるらしい。

「最悪……」

今日の占いでは、牡羊座は運勢がいいと言っていた。それなのに全然当たっていない。ラッキーアイテムのオカリナを持たなかったからだろうか。というかそんなのジブリの主人公じゃないんだから家にあるわけがなかった。できればハンカチとかそういうものにしてほしい。

それにしても、こんな大切な日に遅刻なんて最悪だ。しかも今日に限って、携帯を家に忘れてきてしまったから最低だ。恵一に連絡を取ることさえもできない。このまま連絡もできずに会えないなんてことになったら目も当てられない。公衆電話から電話をかけようかと思ったけど、彼の携帯番号を覚えていなかった。家電《いえでん》しかなければ覚えていたのに。携帯電話の電話帳の機能は便利だけど、こういう時には逆効果だ。

「どうしよう……」

ここは一旦、家に戻って遅れそうなことを恵一に伝えるべきだろうか。でもそれだともっと遅れることになる。それに恵一もこの電車のトラブル自体はわかっているだろう。それならきっとそのまま駅で待っていてくれるはずだ。

だから私にできることはとにかく一刻も早く、待ち合わせ場所に向かうことだ。しかし、そう選択してもまだ厄介なのは、代わりの移動手段のバスもタクシーも行列が出来ていることだった。無理もない。電車で移動しようとしていた人たちが、みんな流れてきているのだ。

「もう……っ」

ひとまず駅前の人だかりを抜けて、県道へと出る。その方が空車タクシーも見つかりやすいと思ったからだ。

「あっ」

広い道を歩き出してすぐだった。目の前に空車のタクシーがやってきたのだ。予想はしていたつもりだけど、怖いくらいのタイミングの良さにびっくりした。

「……タクシー！」

やっぱり私は今日ラッキーなんだ。オカリナなんて関係ない。このままタクシーに乗って行くだけなら、待ち合わせ時間にだって充分間に合うことになる。

「お客様、どちらまでですか？」

「船橋《ふなばし》駅までなるべく急ぎで、お願いします」

「かしこまりました、大急ぎで向かいます」

珍しく女性の運転手さんだった。そして私の言葉を受けて、タクシーはすぐに走り出す。

それから最初の交差点を曲がったところで、運転手さんが言った。

「お客様、ラッキーでしたね」

「……どういうことですか？」

「タイミングがよかったことですよ。駅前が混雑してるっていうのは無線で聞いていましたから。ちょうどさっき他のお客様を降ろしたばっかりだったんです。最初は駅までって言っていたんですけど、突然降りるって言い出しましてね。とても短い距離でタクシーを使っていただいたのでびっくりしました。バブルの頃ってこんな感じだったのかなって想像しちゃいました。私まだその頃は学生でしたし、タクシー運転手になろうとも思っていなかったので」

前の人がそんな状況で降りていたなんて知らなかった。でも確かにラッキーだったと思う。

それにその話ぶりに興味が湧いていた。

「そしたら運転手さんは、この仕事を始めたのは、割と最近なんですか？」

「最近といっても三年くらい前ですけどね。昔から運転するのが好きだったんです。結婚してすぐは専業主婦をしていたんですけど、どうしても憧れの仕事だったので、やりたくなってしまいまして」

「そうだったんですね」

きっと私たちは同年代くらいだろう。運転手さんと同じように、バブル時代を学生として過ごし、そのままバブル期の入社組となった人間だった。当時の就活は今とは比べ物にならない。極端な売り手市場で企業の囲い込みが凄かったし、会社訪問をするだけで、高額の交通費がもらえて、内定が出た後は、タダで海外旅行なんてのもザラだった。

名前を知っている人がほとんどいないような大学を出た私ですらも、複数の内定をもらったし、懇親会と称した会社主催のパーティーに何度も招かれた。私より歳上の大人たちも、毎日がお祭りのように、ディスコで踊り、連日浴びるように酒を飲んでいたと思う。

あのお祭り騒ぎは一体何だったんだろう。今となっては考えられないし、それと比べると、この世紀末の一九九九年の雰囲気はまるで別世界だ。この時代も、ギャルと呼ばれる若者たちが、パラパラを踊っているけれど、無表情で踊っているその姿は、やはりバブルの頃とは一線を画している気がする。ヤマンバなんていう奇抜なメイクをした女の子もいるくらいだ。

これが世紀末というものなのだろうか。確かに世紀末という響き自体、何か不吉な感じがする。おまけに今回はノストラダムスの予言つきで、世界の終末が訪れるとされているのだ。

それに加えて実際の危機として、二〇〇〇年問題だってある。西暦の下二桁で管理されているコンピューターが、二〇〇〇年になった瞬間、一九〇〇年と誤認することでシステムの不具合などを起こしてしまい、もしも飛行機がそのエラーの影響を受けた場合は、墜落する可能性があるとされていたのだ。

ノストラダムスの予言は信じていなくても、こっちの二〇〇〇年問題については、かなり心配している人が多かった。私だってなんとなく二〇〇〇年に日付が変わる瞬間は、飛行機に乗るのはやめておこうと思っている。だって今までにこんな特殊な瞬間に、あんな高度な機械が搭載された飛行機が空を飛んでいたことなんてないのだ。何が起こるかはわからない。でも、こう考えてしまうのは、結局ノストラダムスの予言を信じるのと一緒のことなのだろうか。何を信じて何を疑えばいいのか、正直私にもよくわからなくなってくる……。

「――はい、それではですね、本日のお悩み相談『悩んでるんアフタヌーン』のコーナーを始めたいと思います」

その時タクシーのカーステレオから流れてきたのは、ＢＡＹＦＭのラジオ放送だった。思わず耳を傾けたくなったのは、余計な考え事をしすぎて頭が少しこんがらがっていたからだ。世紀末のことを考えるのは一旦やめにしたかった。

「えーっと、ペンネーム、海砂利水魚《かいじゃりすいぎょ》大好きさんからのハガキです。えー、別れた彼女のことが忘れられません。もう三ヶ月も経っているのに何度も思い出して苦しいくらいです。僕はどうすればいいですか？　この胸の疼《うず》きをなんとか抑える方法を教えてください。とのことです。いやーこれは重症ですね。恋の病ならぬ愛の病と言ったところでしょうか。というかその後遺症かもしれませんね。人によって長引くのは確かです」

ラジオパーソナリティが軽妙なトークを展開していく。これがこの番組の持ち味なのだろうか。好き嫌いが分かれるかもしれない。でも私は、その相談内容を聞いて、すぐに投稿者に感情移入してしまった。

私も似たような経験をしている。相手から振られたわけではないけれど、大切な人を失った。そしていつまでも忘れられないでいる。

そのことで、胸の疼きとは違うけれど、苦しんでいる時もある。もしかしたら今、良い答えが聞けるのではないかと、思わず耳をそばだてている自分がいた。

そしてラジオパーソナリティが、回答する。

「そういう時はね、次の恋、そして次の愛を始めるのに限りますよ。間違いなくそれが特効薬。後遺症も一発で治りますから、次は飲みやすい甘いシロップを見つけてくださいね。それでは次のお便りにいきたいと思います！」

「……」

耳をそばだてて損した気がした。軽妙なトークのまま軽い答えが出されて、私の心には全然響かなかった。そうやって、次に進むのが良いのはわかっている。でも、そう簡単に踏み出せないから悩んでいるのだ。海砂利水魚大好きさんはこの回答で、納得できたのだろうか。私は全然納得できない……。

「……身も蓋もない回答でしたね。それを言っちゃあおしまいというか、それがなかなかできないからきっと投稿者さんは悩んでいるんですもんね」

そう口を開いたのは、私と同じようにラジオを聴いていた運転手さんだった。

そしてそのまま言葉を続ける。

「このコーナーも、数年前にリンダさんっていうパーソナリティの方が深夜から昼に移動してきてやっていた時は、もっと面白かったんですけどね。リンダさんが深夜やっていた頃は、うちの父もよく聴いていたみたいで。まあ、昼に移動してからは過激なのが合ってなかったせいか、早い段階で降板しちゃったんですけど……。また復活しないかなあ、リンダさん……」

「そうだったんですか……」

私はそのリンダさんのことを知らないから上手く反応できなかった。でも運転手さんが最初に言った言葉には強く頷けた。

「本当に運転手さんの言った通りですよね。次の恋なんて……」

だけどそう答えつつ、私自身のことと重ね合わせて複雑な気分になっている自分がいる。

私は和人を失ってから、恵一と出会った。

八年という歳月こそ流れているけれど、私こそ、軽いラジオパーソナリティの言う通りのことをしているんじゃないだろうか。

自分から積極的に動いたわけではないけれど、本当は和人のことを忘れようとして、無理やり次の恋を始めたのではないかと責められても仕方なかった。

けど、今のラジオパーソナリティが言ったように次の恋をしても、特効薬みたいに後遺症が治ることはなかった。彼のことをそう簡単に忘れられるわけがなかった。喧嘩別れをしたわけではない。お互いに幸せで、愛し合ったままで、突然別れを迎えたのだ。

私は今でも心の奥底では迷っているし、このままこの道を突き進んでいいのかと悩んでいる。こんな気持ちで、恵一の両親に会うのは失礼なことではないだろうか、と申し訳なくも思っていた。

それに本当はまだ不安がある。

——また大切な人を、突然失ってしまうのではないかということだ。

あのたった一度の経験が、私をひどく弱くさせた。不安の感受性を高めさせる結果になってしまった。幸せになることへの抵抗感がある。私だけが幸せになって本当にいいのだろうか。だから私は心の奥底で、ノストラダムスの予言が当たることを望んでいるのかもしれない。そうなれば、今そばにいるみんなと一緒に平等に、終わりを迎えることになる。私はそんな終末なら受け入れてもいいと許してしまっているのだ。

こんなことを考えてしまうこと自体、まだ和人のことを忘れられていない証拠なのかもしれないけれど……。

「……」

色んなことを思い詰めてうまく言葉を返せなくなったタイミングで、タクシーが赤信号で止まった。

それから青信号になって再び車が動き出したところで、運転手さんが思い出したように言った。

「私は、無理に忘れる必要なんてないと思いますけどね」

「えっ？」

運転手さんが、穏やかな口調で言葉を続ける。

「忘れようとしても、どうしても忘れられないのなら、そのままでいいんだと思いますよ。……でも一つだけ、さっきの投稿者さんもやめたほうが良いことはあると思います」

「一つだけ……」

いつの間にか、さっきラジオを聴いていた時よりも興味深く、耳をそばだてて運転手さんの話を聞いていた。

「もう過去を思い出して苦しい気持ちになることだけは、しなくてもいいんじゃないかなって思います。そこに関しては、過去をもっと良いものにできるんじゃないかなって。忘れなくてもいいから、前を向いて歩くことができたら、それでいいんだと思います。時々は振り返ってもいいから」

「時々は振り返ってもいい……」

「ええ。誰にでも大切な人や大切なものを失った過去があると思います。でもそのことで罪悪感とか辛さとか、そういうことばかりを思い出すのは良くないなって思ったんです。忘れようと思っても忘れることなんてできませんからね。それだけ大切なものだったんですから。だからそのままでいいんだと思います」

「運転手さん……」

運転手さんの言葉が、すうっと胸の奥に入ってくる気がした――。

その言葉は、今の私が一番かけられたい言葉だったかもしれない。

ずっと忘れようと思っていた。

忘れなければいけないと思っていた。

二度と振り返らずに、前だけを向いていなければいけないと思っていた。

でもいいんだ。

無理に忘れる必要なんてない。

どうせ忘れることなんてできないのだから。

そして、もう今はそのことで苦しむことはしなくていい。

そんな時もあったねって、懐かしく思い出せることができれば、それでいいんだって――。

「ありがとうございます、運転手さん……」

運転手さんに、心の底からの感謝の気持ちを込めて伝えた。その言葉がこんなにも響いたのは、運転手さんも私と似たような経験をしているからなのかもしれない。その後に運転手さんは、また何か素敵な言葉を続けてくれるのかと思ったけど、突然「ひょえっ」と間の抜けた声をあげた。

「……どうしたんですか？」

「いやあ、見てくださいよ……」

そう言った運転手さんの視線の先に目を向ける。するとそこには、予想外の光景が広がっていた。

「うわっ……」

渋滞だ。電車が止まっていることが関係しているのは確かだが、それと同時に道路工事も重なって、ひどい渋滞を作り出していた。

「まいったなあ……」

長い車列の中で、ほとんどタクシーは動かなくなった。青信号になっても、ほんの数メートルしか動いていない。船橋駅まではもうだいぶ近づいていたのに、思わぬアクシデントの発生だ……。

「……あの、私ここで降ります！」

終わりの見えない渋滞に、思わず声をあげていた。

「もう、この先は走りますから！」

「お急ぎでしたもんね、確かにそのほうが良いかもしれません。最後までお力になれないのは少しもどかしい気もしますが……」

そう言いながら私の言葉に、運転手さんが素早く対応してくれた。すぐに精算を済ませて、ドアを開けてくれる。

「お気をつけて、いってらっしゃいませ。くれぐれも、急ぎすぎてお怪我のないように！」

最後まで丁寧な対応だった。偶然こんな素敵なタクシー運転手さんに出会えたのは、やっぱり今日がラッキーだったからかもしれない。渋滞にこそ巻き込まれて走る羽目になったけれど、それでも嫌な気分ではなかった。

「はぁ、はぁ……」

走るのなんて久しぶりだ。こう見えても昔はバスケ部だ。走るのは嫌いじゃない。部活をしていた頃を思えば、ここから船橋駅までの距離なんて大したことはない。

「はぁ、はぁ……」

道だってもう迷わずに行ける。

ひたすらまっすぐに走って、スクランブル交差点まで来たら右に曲がるだけだ。

大丈夫。行ける。

「はぁ、ふぅ……」

――でも、その時だった。

「――あっ」

がくんっ、と足首が歪《ゆが》んだ。一瞬何が起こったのかわからなかった。急に片方の足だけ落とし穴にはまったのかと思った。でも、違った。右足のパンプスのヒールが折れていたのだ。

「こんな時に、なんでよもう……」

そんなに高いヒールのものを履いてきたわけではないから、油断していた。自分が転ばないことだけを考えていた。でも先にガタが来たのは靴の方だった。

「はぁ……」

本当に今日はトラブル続きだ。嫌になってくる。やっぱり星座占いなんてあてにならない。こんな時にオカリナなんてあっても、この事態は防げるわけがなかった。

「もう……」

でも、このままへこたれていても、状況は何も変わらない。というか諦めるわけにはいかない。今日という日に色んな人たちが関わっている。私が諦めてしまえば全部台無しだ。私は前に進まなければいけない。

「コンビニ……」

少しの間座り込んでしまったけれど、応急処置として瞬間接着剤でくっつければ何とかなるはずだ。

視線の先にコンビニはある。幸いなことに、足首をひねるなどの怪我はしていなかった。あのタクシー運転手さんの最後の言葉のおかげかもしれない。

大丈夫、これならまだやれる。ツキから見放されたわけではない。できる。私ならできる……。

——しかし、そんな時に限って、目の前の進路が突然阻まれた。

「ねえねえ、お姉さん、地面とお友達?」

「助けてあげよっか?」

そこには二人の男がいた。明るい金髪の男と、耳と唇にピアスをした男だ。

「……だ、大丈夫です」

男は二人とも、ニヤニヤと笑っている。まるでこの光景を楽しんでいるかのようだった。

明らかに関わってはいけないタイプの人間だとわかってしまった。自分一人ですぐに立ち上がろうとする。でも、焦って体のバランスを崩してしまった。そこですかさず金髪の男に強引に腕を掴《つか》まれた。

「ほら、だいじょばないじゃん、無理しちゃダメだよ」

「あーこれも折れてるね」

もう一方のピアスの男は、折れたヒールを手に持っている。

「ねえ、これ直してあげるからさ、ちょっと遊び行こうよ」

「行きません、急いでるんで。ヒール返してください！」

「お姉さん無理しちゃだめだよ、ちゃんと俺らの言うこと聞きなって」

金髪の男の口調はまだ柔らかいが、その態度は威圧的なものだった。ヒールを人質にとられたようなものだ。そしてまだ腕を掴まれている。すぐに抜け出せそうにはない。どう考えても最悪な状況だ……。

「俺らもこんなヒール狩りみたいな趣味ないからさ、安心しろよ」

「俺らがしてたのはエアマックス狩りだもんな」

そこで二人して笑った。何がおかしいのかわからない。本当に最悪だ。やっぱり前言撤回。ツキからは完全に見放されている。もうどうしようもない状況だ。

「……っ」

なんでこんな目に遭っているんだろう。目の前の二人の男の顔がとても凶悪なものに感じられた。完全なる悪役だ。エアマックス狩りだけでなく、昨今問題になっているおやじ狩りもしていたのではないだろうか。

「誰か……」

声にならないほどの声でつぶやく。誰にも聞こえるはずなんてないのはわかっている。それでも大きな声なんて出せなかった。そんなことをすれば、この二人から何をされるかわからなかったから。

「……」

本当に最悪だ。最低だ――。

こんな時にオカリナが必要だったのか。オカリナを吹き鳴らせば、きっと助けてくれる人が現れたんだ。いや、それで現れる人も大概、おかしな人だと思う。それなら渋滞にハマっても、タクシーを降りなければよかっただろうか。でもそれを言ったら、元々電車に乗ることができていれば、この状況は回避できたはずだ。それに携帯を家に忘れたりしなければ、もっと時間に余裕を持つことだって、できたかもしれなかった。

「…………」

本当に色んなことが重なった。今日の出来事は、運が良いとか悪いとかの話ではなく、もしかしたら必然だったのだろうか。もうこうなることは決まっていた。そして、そういう風に予め《あらかじ》決まっていることを言うのが予言なのだろうか。

じゃあノストラダムスの予言も本当なのかもしれない。今年の七月に恐怖の大王が降ってきて人類は滅亡する、そんな風に予め決まっていたら、人はどうするんだろうか。

「……………」

もう努力もしないし、何もしないかもしれない。

だって何をしても終わりがきてしまうのだ。
どうせ死ぬ。
それなら何をしたって意味はない。
もうどこにも救いはないのだ。
「……っ」
だけど、そんな時でも諦めない人たちがいるのだろう。
きっと、それがヒーローだ。
そんな人になりたいと、和人も願っていた。
悪役を倒すヒーロー。
地球を守るヒーロー。
みんなを救うヒーロー。
そんな人はもう、私のそばにはいないけれど——。
誰か、助けて……。
——そう願った時だった。
「なっ……」
驚いた表情を見せたのは、私ではなく絡んできた男二人の方だった。
私たちの間に割って入った人がいたのだ。

「なんで……」

いや、人というのは正確ではないかもしれない。

全く想像もしていなかったものが目の前に現れた。正直言ってドッキリか、ドラマの撮影でもしているのかと思ってしまったほどだった。

「クマ……」

そこにいたのはクマだった。

大きなマスコットキャラのクマの着ぐるみが、私の目の前に現れたのだ――。

「な、なんだてめえ！　ふざけやがって！」

「邪魔だ、どけ！」

相手二人が苛立って着ぐるみの上から殴りつける。しかし、そのダメージは着ぐるみ越しだと全く届いていないようで、クマは後ろに下がることすらしなかった。

「なんだこいつ、くそ……」

そして相手の怯んだ隙を見て、今度はお返しとばかりに、クマは右手に携えていたプラスチックの看板で相手を叩き始めた。

「う、うがっ！」

「いてっ！」

クマは執拗《しつよう》に叩いていた。可愛い見かけによらず容赦がない。看板には『新装開店！』と書かれている。もしかしてこのクマは、どこかのパチンコ店のオープンイベントの着ぐるみなのだろうか。とてもヒーローとは思えない出立《いでた》ちと戦い方だが、クマは一人で相手を圧倒していた。

「ふざけんなっ！」

「くそがっ！」

そして男二人は、ヒールを地面に投げつけた後、走ってその場を去っていく。私はいつの間にか助けられていたのだ。

「あ、あの……」

目の前に残ったのは、看板を持ったクマ一人。

一体どういうことなのだろう。何が起こっているんだろう。こんなパチンコ店のクマの着ぐるみに助けられることがあるなんて夢にも思わなかった。

「えっと、なんで……」

うまく言葉が出てこない私に、クマが地面に転がっていたヒールを拾って、手渡してくれた。

「ありがとう……、ございます……」

今度は少し落ち着いて、相手の着ぐるみの目のあたりを見て、感謝の言葉を伝えた。

その間、クマはずっと私のことを見つめていた。くりくりとした可愛らしい瞳だった。中の人は今何を考えているのかわからない。本当に私にとってのヒーローのような人だった。

クマはそれから一度、こくりと頷いて、私の体を駅の方に向かせてから背中を押してくれた。

「……助けてくれてありがとう、ヒーローさん」

私はもう一度、ちゃんとお礼を告げた。

変わったヒーローへの感謝の言葉としては、これでも足りないくらいだった。

また、どこかで出会う時があるだろうか。

その時は、ちゃんと中の人にもお礼を言えるといいけれど。

「よしっ……」

そのまま、すぐに走り出す。コンビニに寄って、ヒールも応急処置で修復することができた。

駅の近くまでやってくると、だいぶ人の姿も増えた。時計を見て時間を確認する。何とか間に合いそうだ。会う前に息を整えるためにも、ゆっくりと歩きに戻す。

「ふぅ……」

雑踏の中を歩く。

たくさんの人が、前を向いて歩いている。

みんなどこへ行くのだろう。

私の目的地は今は決まっているけれど、また迷う時があるかもしれない。

ほんのわずかな間の出来事なのに、今日はあまりにも色んなことがあった。

いや、まだ今日は始まったばかりか。

これからも大変なことが待ち受けているかもしれない。

だけど、ちゃんとここまで来られた。

色んな人に助けられて、ここまで来た。

思えば、今までも色んな人と出会って、今日という日までたどり着いたのだ。

前を向こう。

それから自分に向かって声に出してつぶやく。

「——私は大丈夫」

それに時には、後ろを振り返ってもいい。

後悔を抱えるわけでもなく苦しむわけでもなく、思い出として過去を思い出すくらいなら
それでいいんだ。

懐かしむという感情になれるのなら、それでいい。

「……」

ふと、私は実際にそこで立ち止まってみた。

そして後ろを振り向く。

なんだか突然、そうしたくなったのだ。

たくさんの人たちが、そこにいた。

私の後ろにも、たくさんの人が歩いていた。

目的地に向かうために、誰かと会うために、未来へと進むために前を向いていた——。

それからまた視線を駅の方へと戻す。

でも、今一瞬——。

「……和人？」

もう一度、すぐに振り返った。

そこに和人がいて、ふと目が合ったような気がした。

そんなところにいるはずがないのに。和人はもうこの世界からいなくなっているのに。でもそこに、やっぱり彼の姿があった気がして——。

「……」

もう一度よくあたりを見回しても、もうそこに和人の姿はなかった。

最初から見間違いだったのかもしれない。

もしかしたら私が勝手に作り出した、幻想のようなものだったのかもしれなかった。

「……ありがとう」

だけど、それでもいいと思っている。

幻でもなんでもいいから、もう一度和人と会えたことが嬉しかった。

だって彼が私の後ろにいて、私の背中を押してくれるのなら、こんなにも心強いことはないのだから――。

私は前を向いて歩くよ。

でも時には後ろを振り返ってもいいよね――。

――船橋駅前に着くと、ノストラダムスの予言で世界が終わると街頭演説をしている人たちがいた。


今はもう私は、世界が終わらないでほしいと願っている。

第五話

ラストチャンス

「……特製チーズケーキを一つ」

私ができるだけ小さな声で注文をすると、目の前の店主は何かを察したように耳をそばだててくれた。

「……あの端っこの席に座ってる女性に、お願いします」

店主は驚く様子も見せずに、小さくこくりと頷く。私はそのまま言葉を続けた。

「……それと会計をお願いします。ごちそうさまでした」

店主はまた、小さくこくりと頷く。静かな店だから目立たないようにしているのはあるだろうけれど、私のただならぬ事情を察してくれているように思えた。この気遣いのできる店主のもとに、『喫茶オレンジ』の常連のお客さんたちは通っているのかもしれない。

「……」

誰にも気づかれないように、静かに店を去ろうとする。その間際、彼女に視線を送った。ずっと顔を落としていた。長い考え事をしているような、深い悩みがあるような、そういう表情だった。

今の私にできるのは、ほんのささやかなデザートのプレゼントくらいだった。チーズケーキはまだ届いていないけれど、テーブルに運ばれた後は、ほんの少しでも明るい顔になってくれたら嬉しい。

本当なら声をかけて、彼女の話を一晩かけてでもずっと聞いてあげたかった。

でも、そんなことは、今の私には決してできない。

「……」

そして今頼んだチーズケーキにも、『紗奈へ』なんてネームプレートをつけることはできなかった。

だってそんなことをしたら、私からのものだとすぐに気づかれて、私はこの世界から姿を消してしまうはずだから。

○

——最後の再会。

その相手に私が選んだのは、元恋人の紗奈だった。今日という日にたどり着くまで、ずいぶん時間がかかった。回り道をして、長い考え事をしていた。でも今はもう迷いはない。彼女のために、今日という一日の全てを捧げると決めていた。

「なんだって……」

しかし前途多難だ……。彼女の門出となる日に限って、電車が止まってしまうトラブルが発生していた。これでは紗奈が今日の待ち合わせの時間に遅れてしまうことになる。今日は婚約者の両親に会いに行く大事な日だ。そんな日にあってはならないトラブルだった。

「どうするか……」

紗奈が来るまで、まだ時間はある。ちゃんと見送るために、だいぶ早めに駅に来たつもりだ。しかし彼女もいずれこの事態を知ることになるだろう。その時に手助けできるようにしておかなければいけなかった……。

「よしっ……」

既に駅前のバスやタクシーにも、人の列ができ始めていた。今後より一層、このあたりは混み合うことになるだろう。それまでに、紗奈が乗るためのタクシーを掴まえておく必要があると思った。電車に乗れないとなったら、きっとここからタクシーに乗るのが最善策のはずだ。

駅から一度離れて、大きな通りの方へと出る。そこから駅前までタクシーを引っ張ってこうと決めた。既に乗車中で何度か見送る羽目になったが、一台のタクシーをようやく止めることができた。

「すみません、津田沼駅までお願いします」

とても短い距離だったが、運転手は嫌な顔一つせず、「かしこまりました」と言って発進してくれた。珍しく女性のタクシー運転手さんだった。言葉遣いや対応からして、当たりのタクシーに乗れた気がする。これから紗奈が乗るかもしれないことを考えると、ラッキーだった。今日紗奈が出会う人との関係性は大切で、それだけで気分はだいぶ変わるはずだから。

時間こそかかってしまったが、これで船橋駅までの最低限の足を掴まえることはできた。後は何とかタイミングよく、紗奈に乗ってもらうようにするだけだが……。

「あっ」

そんな時に、偶然にも車窓から見つけたのは紗奈の姿だった。タクシーを掴まえるのに時間を取られたせいで、もう私のいる大通りまで来ていたようだ。

既にここにいるのは想定外だったけど、紗奈がタクシーを探しにここまで来たのは想定内だ。事態は悪くなっていない。乗せてもらったタクシー運転手には少し悪い気がするけれど。

「すみません、ここで降ります！」

私の声に反応して、すぐさま運転手がブレーキを踏んでくれた。この場所からまた車が走り出せば、ちょうど紗奈の前に止まりそうな位置だった。

「すみません、こんな短い距離になってしまって……」

「いえ、バブルの頃ってこんな感じだったのかなって、良い経験ができました。それに今日はどうやらかき入れ時になりそうですから」

お釣りの受け渡しをしながら、運転手が小さく笑って言った。電車でトラブルが発生しているのは、無線で既に知っているのだろう。罪悪感が薄れたから、正直助かった。しかし降車の際、ほんの少しだけ私の顔を見つめてから運転手さんが言った。

「お客様、以前にどこかでお見かけした気がするんですが、私の気のせいですよね……。何か私の大事な日に……」

「いや、実は言われてみると私もそうなんですが……」

実際のところ、本当にそう思っていた。どこかで会ったことがある気がする。それになぜか頭の中に急にサザンオールスターズの曲が流れてくるような……。これはいつのことだったろうか……。でも今は、完全に記憶を掘り起こすような時間は残されていなかった。

「いえ、こんなところでお時間を取らせてすみません、それではお気をつけていってらっしゃいませ」

運転手さんもそのことがわかっていたようで、先にそう言って送り出してくれる。

「どうもここまで、ありがとうございました」

タクシーを降りた後にそのまま行く末を見守っていると、少し離れた場所でちょうど良く紗奈が、私がさっきまで乗っていたタクシーを掴まえることができた。これで全ては計算通りだ。

「ふぅ……」

待ち合わせにも遅れずに済むだろう。大きなトラブルこそあったけれど、何とかフォローすることができた。そう考えると、トラブルもそんなに悪いものではないのかもしれない。紗奈の役に立つことができたし、最後の時間を有効に使えたことになる。もしもトラブルの一つも起こらなければ、私は彼女を離れたところから眺めているだけに過ぎなかったのだから。

「さて……」

これで私はひとまず役目を果たしたことになるだろうか。元から最後の再会に残された時間の全てを、彼女のために使うつもりだったが、ここから先は私の存在はもう必要ないはずだ。なぜなら紗奈がこの後にたどり着く船橋駅には、婚約者の恵一さんがいる。そこには私は必要ない。これからもしも新たなトラブルが起こっても、次に助けるのは恵一さんの役目だからだ。

「ふぅ……」

気分を落ち着かせるためにも、ポケットからカセットウォークマンを取り出す。イヤホンを耳にはめて音楽を聴き始める。カセットテープに入っているのは、私が生前聴いていた九〇年代初頭の曲だった。

『情熱の薔薇《ばら》』　THE BLUE HEARTS

『真夏の果実』　サザンオールスターズ
『浪漫《ろまん》飛行』　米米CLUB
『I LOVE YOU』　尾崎豊《おざきゆたか》
『愛は勝つ』　KAN
『あなたに会えてよかった』　小泉今日子《こいずみきょうこ》

道路の端に立ち止まって、流れてくる曲たちに耳を傾ける。ウォークマンのおかげで、どんな場所でもすぐに手軽に音楽を聴けるようになったのだからすごい発明だ。そして目を瞑って耳から聞こえてくる音楽に身を任せると、まるで別の世界に入っていくかのようだった。音楽という外側からの感覚の刺激が、体の内側を強く揺さぶる。

この曲たちを聴いているだけで、当時のことをすぐに思い出してしまう。

昔の曲を聴くことは、タイムスリップをするのに似ているのかもしれない。

そしてやっぱり瞼《まぶた》の裏に最初に思い浮かんだのは、紗奈の姿だった――。

「……」

ずっと、その場で立ち止まっていたはずだった。でも私の体は自然と、紗奈が乗ったタクシーが走り出した方へと歩き出していた。

その方向は、船橋駅だ。そっちへと向かう用事はない。でも体が勝手に動いている。自分でも何をしているのか上手く説明がつかなかった。

「……っ」

そしていつの間にか、走り出していた。

なんで今、走っているのか自分でもわからない。でも今も尚ウォークマンから流れてくる音楽が、きっかけになっていたのは間違いなかった。言葉と音が、鼓舞するように私の体を後押ししてくれていたのだ──。

この体は明らかに、紗奈のいる方へと向かっている。船橋駅は二駅しか離れていない。今の私の体であれば、無理なくたどり着けるだろう。だけど今行ったところで、彼女に会うことはできなかった。自分の死を知っている人には、もう二度と会うことはできないルールのもとで、今私はこの世界に戻ってきたのだから。

「はぁ、はぁ……」

そんな残酷なルールの中で、なんで私は走っているんだろう。

でも紗奈のことを考えると、居ても立っても居られなくなったのだ。

「はぁ、はぁ、ふぅ……」

もうこれ以上は余計なお節介かもしれない。彼女にとっては迷惑かもしれない。私は既に死んでしまっていて、彼女はこれからも生き続ける。

文字通り住む世界が違う。もう私も全てを忘れて、前を向かなければいけないのではないだろうか。お互いにそうするためには、もう会ってはいけないはずなのに——。

「はぁ、はぁ……」

自分でも、自分のことを不思議に思う。

そして、どうしようもないくらいに馬鹿だと思う。

だけど馬鹿じゃないと、夢を見ることすらできない。

私の夢をずっとそばで誰よりも応援してくれたのは紗奈だった。

ヒーローになりたい。そう何度願っただろうか。結局最後まで役者の世界でヒーローになることはできなかった。

デパートの屋上の、悪役の怪獣が私には精一杯だった。

でも今だけは、大切な人一人のためならヒーローになれるのではないだろうか。

「紗奈……」

大切な人に会いに行くために走る。これ以上にヒーローらしい行動なんてあるだろうか。

私は今自分にできる精一杯のことをやっていた。これが私なりのヒーローなのだ。

三分ではない、二十四時間だけのヒーロー。時間の長さ以外、全て見劣りしているけれど、許してほしい。いま私は、君だけのヒーローでありたいから——。

「あっ……」

——その時、紗奈の姿を見つけた。

タクシーが渋滞に巻き込まれたことが作用したのかもしれない。それに津田沼駅から船橋駅間が短めの距離なのも幸いしていた。

だけど、そこで素直に喜べなかったのは、私が想定していなかった事態に紗奈が巻き込まれていたからだった。

「――ヒール返してください！」

紗奈が柄の悪い、二人の男に絡まれていたのだ――。

「な……っ」

なんで今日はこんなにも、トラブルに巻き込まれるのだろう。よりによって今日じゃなくていいのに。でも、どうしよう。私はここでどうするべきだろうか……。

「……」

目の前に飛び出して助けに入るのは簡単なことだ。恐怖で躊躇しているわけではない。恐れているのは、紗奈の前に姿を現した瞬間、この姿が消えてしまうことだ。そしたら元も子もなく、紗奈を助けることなんてできなくなってしまう。

「くそ……っ」

こんなにも目の前で大切な人が危機に陥っているのに、助けられないなんて、何がヒーローだろうか。だけどここで諦めるわけにはいかない。私の正体を明かさないように、紗奈を助ける方法を考えなければ……。何か良い作戦はないだろうか――。

「あ……」

思わず目が留まったのは、パチンコ店の前で看板を持っているクマの着ぐるみだった。新装開店キャンペーンの客寄せのようである。隣には制服を着た店員の若い男もいた。

「あれなら……」

急いで道路を渡って、パチンコ店の前へと走った。そして店前で客寄せをしていた店員に向かって頼み込む。

「お願いします！　少しの間そのクマの着ぐるみを貸してもらえないでしょうか⁉」

「は、はぁ？」

その店員は明らかに戸惑っていた。無理もないだろう。こんなことを言われたのは初めてのはずだ。

「お願いです！　本当に緊急事態なんです！　その着ぐるみを貸してもらえれば、私の大切な人を救うことができるんです！」

「急にそんなこと言われても……、何なんですかあなた……」

「お願いします！　この通り！」

私は恥も外聞もなく、その場に跪《ひざまず》いて土下座をする。こんなことをするのは初めてだったけれど、背に腹はかえられなかった。

「ちょ、ちょっと困りますよ！」

「その着ぐるみを貸してください！　お願いします！」

「いや、そう言われても……」

必死の思いで頼み込んでも、事態は変わらなかった。このままではまずい。こうしている間も時間は過ぎている。今だって紗奈がどうなっているかわからないし、早く駆けつけなければいけないのに……。

「えっ……」

「あっ……」

その時、私と店員の二人が同時に声を上げたのには理由があった。

「ちょ、ちょっと！」

クマの着ぐるみを着ていた人が、目の前でその頭を外し始めたのだ――。

「ま、まずいですよ！　早く被って！」

「夢の国のマスコットじゃあるまいし、大丈夫だろ。それより今は目の前に、もっと大事なことがあるんじゃねえのかってさ」

クマの着ぐるみの中にいたのは、こう言ってはなんだが、まあまあなおじさんだった。

しかしその顔つきは、独特な貫禄を醸し出している。

「大事なことって……」

「この兄ちゃんの手助けをしてやることだよ。ルールなんて破ってもいいじゃあねえか、人助けのためならよ」

「あっ、ってかちょっと林田《はやしだ》さん、酒臭くないですか!?　また飲んでるでしょ！　前にもダメだって言ったのに！」

店員さんが着ぐるみを着たおじさんに向かって声をあげる。どうやら林田という名前のようだ。

「いいじゃねえかよ、着ぐるみの中なら顔も見えないしよ、酒に逃げたい時もあるってもんだ」

「仕事中なんだからダメに決まってるでしょ！　そんなんだから前の仕事もクビになるんですよ！」

「前の仕事は酒は関係ねえよ。あの横暴《おうぼう》ディレクターが飲み会の席で酔っ払って俺の家族のこと馬鹿にしやがったからよ、それで頭に来てその場で楯突《たてつ》いたら、『お前は身の程を知れ』なんて言われてさ、だからこっちから逆にドレミファソラシドパンチを喰らわしてやったわけよ」

「人を殴るなんて酒よりもっとだめですよ！　本当に無茶苦茶なんだから！」

「大丈夫だよ、平成《へいせい》の最初の頃はそういうコンプラも緩かったからさ」

「緩くないから！　そんなのどんな時代も許されないから！　しっかりクビになってるし！」

なんだか漫才のようなやり取りが行われている。

でもその後にすぐ林田さんが私に向かって言った。

「まあこっちのことは気にすんなよ、兄ちゃん大変なんだろ？　この着ぐるみは貸してやるから安心してくれよな」

「ほ、本当ですか！」

「ああ、もう……、何を勝手なことを……」

でもそれから隣の店員さんは、全てを諦めたような顔をして、私に向かって言葉を続けた。

「ちゃんと後で返してくださいよ……。もうわけわかんないことに巻き込まれちゃったなあ……」

「すみません……、ちゃんと返しますので……」

そして店員さんは今度は林田さんに向き直る。

「林田さんはその分、減給ですからね！」

「給料が減らされても、心の豊かさは減らないからかまわねえよ。……ってかリンダさんって呼べよなあ」

「全然リンダって顔じゃないでしょ！　明らかな林田顔ですよ！」

そう言ってまた漫才のようにツッコミを入れたところで、店員さんがつぶやくように言った。

「はぁ……、なんでこんな人のラジオのファンだったんだろう……。バイト採用しなければ良かったなあ……」

ラジオのファンというのが一体どういうことなのか少し気になったけど、今はその点を尋ねている時間はなかった。林田さんから受け取った着ぐるみをすぐに装着し始める。そして最後に頭をはめて完成というところで、おもむろに林田さんが私の肩を掴んで言った。

「なあ兄ちゃん、よく聞けよ」

「は、はい……」

「……大切な人と居場所を失ってからじゃ、もう何もかも遅いんだ。俺みたいにならないように必死こいて掴まえてこいよ、……頑張れよな兄ちゃん」

最後にそう言った林田さんの表情は、簡単には言葉で言い表せないような、深い愁いを帯びていた。ここに至るまでにさまざまなことがあったのだろう……。でもその経験があるからこそ、今ここで私の手助けをしてくれているのだと思った。

「わかりました、林田さん、いや……リンダさん！」

「おっ、わかる男だな。よしっ、行ってこい！　ちゃんと大切な人を救ってこいよ！」

「はい、ありがとうございます！」

リンダさんの言葉を受けて、着ぐるみのまま走り出す。

そしてリンダさんは、私の背中に向かって最後に声をかけた。

「そういえば、こっちは最後まで兄ちゃんの名前を聞いてなかったな！」

その言葉に、私は走りながら答える。

「——佐久間です！」

もう一度、大きな声で答える。

「——佐久間和人です！」

○

——案内人の私が、今日は最後の再会をする立場になっていた。

案内人になってから何年かの歳月が流れたが、私はまだ最後の再会をしていなかった。なぜなら交通事故で死んでさよならの向う側を訪れた時、私は、最後に会いたいと心に決めた人がいて、その人以外に現世に戻って会う相手が全く思い浮かばなかったからだ。

その相手が、紗奈だった。

そして私はたまたまタイミングもあって、先代の案内人から、さよならの向う側の案内人になることを勧められた。そして今、案内人になってから自らの最後の再会の時を迎えていた。

私は自分のために、最後の再会を使おうなんて思っていなかった。紗奈のためだけに使おうと思っていた。

だからこそ紗奈にとっての、大切な日が来ることを待ち望んでいたのだ。

そして今日、この日が訪れた。

これから節目となる日は何度もやってくるだろう。

それでも気持ちの面で、私のことを忘れて前を向いてほしいと思えたのが今日だった。

「はぁ、はぁ……」

自分一人で案内人が最後の再会を果たすのは、ルール上問題ないと、先代の案内人から聞いていた。しかし案内人といえど、二十四時間という制限と、自分が死んだことを知っている人には会ってはいけない制約に変わりはなかった。

今日はもう何度も走っている。でも不思議だ。こうやって走っている時に生きているのを実感する。いや、正確に言えば、今でも死んでいるには違いないが、それでも再び生き返ったような気がしていた。

「はぁ、ふぅ……」

大切な人のもとへ向かって走っているからだろうか。

今私は、クマの着ぐるみを着たまま、紗奈のもとへと向かっている。

こんな日にもちゃんとヒーローの姿になりきれていないのは情けない気もする。あの場面でヒーローのコスチュームを着た人には遭遇できないのが、結局私らしいところだ。

でもこれでいいのかもしれない。

良い意味でも悪い意味でも、私にお似合いだ。悪役の怪獣ではなくて、クマだったら充分だろう。私は世界を救う必要はないのだ。大切な人を救うだけでいい。それこそ、私が夢に描いていたようなヒーローなのだから——。

「クマ……」

そして突然割って入ったクマの着ぐるみに、紗奈も柄の悪い男二人も驚いた様子だった。

それもそのはずだろう。決して日常ではあり得ない事態だ。私自身、着ぐるみを着て姿を現すことすら、デパートの屋上で働いていなければ思いつかなかったはずなのだから。

そしてそこからの展開は速かった。今まで重くてでかい悪役の着ぐるみを着て慣れていたのもあって、あっという間に相手を圧倒することができた。

「くそがっ！」

男二人が慌てて走り去っていく。

すると残されたのは、私と紗奈の二人だけになった。

「ありがとう……、ございます……」

私が落ちていたヒールを渡すと、彼女が少しだけ落ち着いた様子で言った。

私は紗奈のことを見つめる。

何も話すことはできないけれど、着ぐるみ越しだからこそ、こうやって目の前に姿を現すことができた。

ずっとデパートの屋上で着ぐるみを着ていた私にお似合いの最後の再会かもしれない。

私と紗奈は、最初も最後も、着ぐるみを通した出会いになったのだから――。

「……助けてくれてありがとう、ヒーローさん」


――紗奈が目的地の船橋駅の近くまでたどり着くと、もうさよならの時間が迫っていた。

もうこれ以上のトラブルはないだろうと思っていたけど、急いで着ぐるみを林田さんへ返した後、最後に彼女の背中を見送ろうと、私も近くまでやってきたのだ。

着ぐるみも脱いでしまったから、もう彼女の前に姿を現すことはない。お別れは既に済ませたのだから、時間の許すかぎり離れたところで最後を見届けるつもりだ。周りには人も溢れていて、雑踏の中に紛れているから、そう簡単に気づかれることはないだろう。

それに彼女は、もう振り向くこともなく、婚約者の恵一さんが待つ駅の方へとまっすぐに歩いている。この先には心配も不安も何もいらないように思えた。これから彼女の未来に待っているものは、幸せ以外の何物でもないのだから。

「紗奈……」

この声は、絶対に届くことはない。

だからこそ、その名前を呼ぶことができた。

こっちを振り返らないでくれと祈りながら、その背中を見つめる。

だってそうすれば、このまま私はまだここにいて、君の姿を見届けることができる。

「紗奈……」

さっきよりもほんの少し大きな声で、もう一度名前を呼んだ。

君の背中がどんどん小さくなっていく。

私が立ち止まったせいだ。

君はそのまま振り返らないだろう。

でも、その方がいいんだ。

君が前を向いて生きてくれていると、私は安心することができるから。

「……っ」

だけど、後ろを振り返らないでほしいと祈りながら、君に振り向いてほしいと願っている自分がいる。

なんてわがままなんだろう。自分でも馬鹿げていると思う。

でも仕方なかった。

デパートの屋上で脇役として戦っていた私を見つけてくれた君に、最後にもう一度見つけてほしいと思ってしまったから。

これが本当に、最後の瞬間だから——。

「あっ……」

――その時だった。

「紗奈……」


彼女が、こっちを振り向いた――。

そして私と彼女の視線がほんの一瞬重なった。

その瞬間、時が止まったかのようだった。

私の願いが届いたのか、ただの気まぐれだったのか、どちらかはわからない。

でもそれはとても幸福な、永遠にも似た一瞬だった――。


――君には、私のことを忘れてしまってもいいと思っているけれど、私はこれからまた君のことを何度か思い出してもいいかな。

君のことを思い出すだけで、どうしても懐かしくなって温かい気持ちに包まれるんだよ。

懐かしさってやっぱりいいものだな。

でも懐かしさって、時にはむせかえるくらいに苦しくなる時もあるよ。

もうどうやっても、その時には戻れないってわかっているからだろうね――。

――でも私は、君をまた何度も思い出すよ。

どうしても思い出してしまうんだ。

最後に私のことを、もう一度見つけてくれたから――。

「ありがとう……」

――さよなら、紗奈。

ボーナス・トラック

「結局今年はノストラダムスの予言も外れて、穏やかに新しい年を迎えることになりそうですね」

――一九九九年、十二月三十一日。

さよならの向う側で過ごしていた佐久間のもとにやってきたのは、とある先輩の案内人だった――。

「でもまだ二〇〇〇年問題はどうなるかわかりませんよ、油断は禁物です。といっても私たち案内人の仕事も今日はもうなさそうですが」

「確かにそうですね。ですが後は現世を生きる人たちに任せることにしましょう。きっと普段、人の見えないところで、誰かの助けになってくれている人たちがたくさんいますから」

きっと自分たちのような案内人の仕事をしている人たちが現世にもいるのだと佐久間は思った。そして実際にその言葉だけで安心できている自分がいた。

「ということで、私たちはこのままのんびりと新年を迎えましょう。こんな風に話せる機会もあまりありませんし、せっかくだから今年のことでも振り返りますか。それとも来年の抱負でも発表しましょうかね」

「……いや、別にこのまま穏やかに新年を迎えるだけでいいんじゃないですかね」

しかしこのマイペースぶりには戸惑うこともある。このさよならの向う側の中でも有名なくらいに牧歌的な人であるのだ、その先輩の案内人は――。

「――谷口《たにぐち》さんのその調子は、二〇〇〇年になっても変わらなそうですね」

続いた佐久間のその言葉に、先輩の案内人、谷口は笑って頷く。

「年を跨ごうがこれから世紀を跨ごうが、そう簡単に人は変わるものではありませんよ。それよりも佐久間さんの方はどうですか、今年はどんな年でしたか。もしくは来年はどんな年にしたいですか？」

さっきと同じ質問が言葉を変えて戻ってきた。谷口のマイペースはとどまるところを知らない。佐久間は観念した様子で質問に答え始める。

「……そうですね、私にとっては、この案内人を始めた生活の中で最も特別な年でした」

それは本当に、大切な思い出を語るかのようだった。

「……もう一度大切な人に会うことができたんです。本当に特別な一日を過ごすことができました。だから今年は私にとっては、とても幸せな年だったんです」

佐久間の頭の中を占めていたのは、やっぱり紗奈にもう一度会えたことだった。本来、見送る立場の案内人である自分自身が、最後の再会を果たしたのだ。そして胸の中に抱えていた後悔を、ほんの少しでも解消することができた。あれは録画したビデオテープを再生するかのように、何度も思い出して懐かしんでしまうような、そういう特別な時間だった。

そして谷口は佐久間の話を聞いて、最初はどこか不思議そうな顔をしたが、すぐに落ち着いた表情に戻った。

「……そうですか、それはよい年になりましたね。何よりです」

谷口は、実際のところ佐久間の身に何が起こったのかはわかっていない。案内人同士は会う機会がそんなに多いわけではなく、こうして話をするのも久々だった。

それでも谷口は、佐久間に詳細を続けて尋ねはしなかった。言葉を変えて同じ質問をして困らせるようなことはしても、そんな野暮なことはしようと思わなかったのだ。

そして代わりに谷口は、ある質問をする。

「佐久間さん、あなたが最後に会った人はどんな方でしたか？」

その質問に、佐久間は思わず尋ね返す。

「あなたが、最後に会いたい人は誰ですか？　ではなく、ということですね？」

谷口が笑ってこくりと頷く。

佐久間は、ほんの少し考えるような顔をした後にこう言った。

「……言葉にするのはなかなか難しいものですね。……でも、私が一番幸せにしたいと思った、いや、誰よりも幸せになってほしいと、心の底から願えた人でした――」

佐久間の、本当の思いだった。

今は後悔も何もないからこそ、心の底からその言葉が言えたのだ。

自分は紗奈の幸せを願っている。

それと同じくらいに、紗奈も自分の幸せを願ってくれていたと思うから。

「佐久間さん……」

その言葉を聞いて、感極まったように深く頷いてから谷口が言った。

「それは紛れもなく愛ですね」

「愛……」

そう繰り返してつぶやいてから、佐久間は照れた様子で頬をかく。

「……谷口さんは恥ずかしげもなく、よくそういう言葉をまっすぐに言えますね」

「そんな大それた言葉ではありませんよ、ただの五十音の最初の二文字ではないですか」

「確かにそれはそうですが……」

意外だったけど、確かにそうだ。

でも最初にあるからこそ、やっぱり大事な言葉なのかもしれない。

まだどこか気恥ずかしさの残る佐久間に向かって、谷口はつぶやくように言葉を続ける。

「……私はね、思うんですよ」

それから佐久間をまっすぐに見つめて、谷口は言った。

「そういう大切な言葉や想いを、最後の最後のタイミングにでもまっすぐ伝えられるように、私たち案内人が存在していて、このさよならの向う側という場所があるのではないのかと――」

「谷口さん……」

谷口の言葉に、佐久間は深く頷く。本当にその通りだと思ったからだ。もう気恥ずかしさなんて、どこかへ飛んでいってしまった。なぜなら自分もこの場所で、最後に救われた一人だからだ。最後の再会を済ませたのに、この場所にまだいたいと思ったのは、自分と同じような想いを抱えた人に、少しでも救われてほしいと思ったからだった――。

そして谷口は、乳白色の空間をじっくりと眺めてから言葉を続ける。

「本当にこのさよならの向う側という空間は、特別な場所ですよね。もう終わった後なのに、まだ残された時間を与えてくれるなんて、サッカーで言えばロスタイム、音楽のアルバムで言えばボーナス・トラックみたいなものです。本当に特別なことだと思いますよ」

「そのたとえは確かにぴったりですね。でもそういう言葉も、時代の移ろいとともに変わっていってしまうのかもしれないのは、少し寂しい気もしますが……」

「それでも、どれだけ時間が経っても変わらないものもあると思いますよ。だからこそ人はそういうものに対して懐かしさを感じるんだと思います。もちろん変わっていくことも大事だと思いますけれどね」

谷口は、話を切り替えるように、パンッと手を叩いてから言った。

「……さて、今年のことはもう十分に振り返りましたかね。九十年代も終わりということで、明日から気持ちの良い二〇〇〇年代を迎えるためにも、今日はせっかくですから朝まで飲み明かしましょうか」

突然の谷口の提案に小さく驚きながらも、佐久間は思わず嬉しくなって笑顔で答える。

「それはいいですね。でもそもそもこんな場所にお酒なんてあるんですか？　もしかして大晦日《おおみそか》だからこその特別な用意があったりして……」

「何を言っているんですか佐久間さん、飲み物はコレに決まってるじゃないですか」

そう言って谷口が胸ポケットから取り出したのは、黄色の缶と、甘さたっぷりでお馴染みの千葉と茨城《いばらき》のご当地缶コーヒー、『ジョージア マックスコーヒー』だった。

「……勘弁してくださいよ、谷口さん」

佐久間はそう言いながらも、笑って谷口からその一本を受け取って言葉を続けた。

「甘い話に乗って損をしました」

「甘い飲み物を飲んでも損はありませんよ」

「それなら一杯だけ付き合うことにしますか」

「ええ。いつもと変わらないこの味と、いつもと変わらないこの場所に――」

そう言ってからお互いに笑って、マックスコーヒーの缶を空高く掲げる。

乳白色の空に、黄色と黒のラベルが冴え渡った。

「——乾杯」

二人で缶を合わせてから蓋を開けると、途端にマックスコーヒーの香りがあたりに漂う。

それは、いつまでも浸っていたくなるような、何か大切なものを思い出させてくれるような、どこか懐かしい匂いだった——。

——終——

◎本書は書き下ろしです。

清水晴木（しみず・はるき）

千葉県出身。2011年、函館イルミナシオン映画祭第15回シナリオ大賞で最終選考に残る。2015年、『海の見える花屋フルールの事件記〜秋山瑠璃は恋をしない〜』（TO文庫）でデビュー。著作多数。2021年、『さよならの向う側』が話題になり、映像化もされた。近著に『さよならの向う側 i love you』『旅立ちの日に』『分岐駅まほろし』『さよならの向う側 Time To Say Goodbye』『17歳のビオトープ』『トクベツキューカ、はじめました！』『天国映画館』がある。

さよならの向《むこ》う側《がわ》'90s

2024年11月28日　初版発行

著者　清《し》水《みず》晴《はる》木《き》
発行人　子安喜美子
編集　佐藤　理
印刷所　株式会社広済堂ネクスト
発行　株式会社マイクロマガジン社
URL:https://micromagazine.co.jp/
〒104-0041
東京都中央区新富1-3-7　ヨドコウビル
TEL．03-3206-1641　FAX．03-3551-1208（営業部）
TEL．03-3551-9563　FAX．03-3551-9565（編集部）
定価はカバーに印刷されています。

ISBN978-4-86716-662-8 C0093
乱丁、落丁本はお取り替えいたします。